戀愛腦的不心動挑戰

SKimmy 著・繪

推薦序

當你和對方之間有一道牆，你還能夠去愛嗎？如果不能，那你說的那句「我愛你」是什麼意思？好看的書很多，但有深度的很少；能夠引起你共鳴的書很多，但能帶你在思緒間來回自我交戰的書很少；有藝術價值的書很多，但有趣的很少。這本書，融合了前面所有的優點，是我認識 SKimmy 五、六年來，她突破性最大的一部作品。推薦給所有在愛裡面徬徨，恐懼抗拒去愛、去承諾，但仍然會被勾動的你。

——Podcaster．諮商心理師 **海苔熊**

從心理學的角度來說，閱讀一本小說最有趣之處，像是參與一個人的人生，和主角一同經歷他生命中最幽微的部分，然後回過頭來照見自己，完成理解與哀悼的自我歷程。SKimmy 筆下的故事總是具有這樣的力量，這本小說的文字與對話彷彿一段心理諮商的過程，笑中帶淚地領著讀者，找回好好去愛的勇敢力量。戀愛是為了彌補內心缺憾？還是為了成就更好的自己？相信閱讀之後，我們內心會有更清晰的領悟與答案。

——作家 **許皓宜**

當你以為這是一部自我覺察的故事，你會被它的藝術能量狠狠重擊。當你從文學角度切入這部小說，你會對其中心理剖析的深度大感驚訝。不管是否具備那顆戀愛腦，只要你曾經觸摸過愛，你將會被書中的某個段落所同理，也許是些不斷閃現的共鳴聲，也可能會是慢火溫煮的治癒感。又或者，只要你曾壓抑了傷，你也將能看見到這本書宣洩的淨化光芒。

衷心推薦大家接受SKimmy的邀約，透過你的想像力，把靈魂傳送到這場不心動挑戰的世界裡，恣意探索。

——管理學博士・臨床心理師 **張家齊**

Contents

「尋找真摯永恆的親密關係，其實就是尋找自我。」

——*Christopher Moon*

Part I

The Night

你發現，這世上，有很多東西是「愛」，

也有很多東西「不是愛」。

有更多東西「被當成愛」，

也有太少東西「被好好賦予愛」。

1 撕開戀愛腦

對「戀愛」這件事，存在偏頗認知的腦袋，我一律稱為戀愛腦。

它不影響生活，也不妨礙生命，更不有害健康——只要你永遠不談戀愛的話。

哈，這怎麼可能呢？對吧？

我的心理師曾經跟我說：「想談戀愛是一種填補。心中有缺憾，就會想談戀愛。」我想，她的意思大概是說，只有法喜充滿、圓覺開悟、住在喜馬拉雅山上的高僧們，才會不想談戀愛。不過，他們三餐都只能吃蔬菜咖哩……在我看來，談戀愛跟蔬菜咖哩比起來，也許還是談戀愛好一些。

我的心理師過世了，這也正是為什麼我會陷入「現在這種狀態」。

「現在這種狀態」，是一種說不清、道不明的狀態，像沙塵暴裡，狂飆於高速公路上的一台敞篷古董車，司機喝了一點酒，流浪於絕望和麻木之間，徘徊在迷惘和灑脫當中。我沒有詞句來形容它，我只好稱它為「現在這種狀態」，就好像在暗自祈禱，明天早上醒來，它就會因為迎向未來，而停止呈現這種狀態似的。

可惜，這種狀態一旦開始，就無法憑一己之力結束。

我常常在鬧鐘響起，睜開眼睛的瞬間，以為我自己身處諮商診療室。如果，我真的位於諮商診療室，想解決「現在這種狀態」就變得很簡單，只需要一個轉頭、一個問題、一張面紙，當然，還有介於一千二到兩千五不等的單次諮商費。

我跟我的心理師（已故，享年38歲），在那間診療室裡，聊了很多議題。

原生家庭、愛、慾望，以及自我。

我來自一個不美滿的家庭，然而考量到進入西元二千年後，日益荒謬的社會風氣，我常常會有一種暈頭轉向的感覺，好像我不該再把「不美滿的原生家庭」當成某種創傷。畢竟，這種傷口，跟其他正在發生的殘酷事件——網路暴力、色情剝削、氣候變遷、戰爭、瘟疫、死亡……比較起來，頂多就是騎腳踏車雷殘，結果膝蓋骨裂開，到醫院之後被打上醜醜的笨重石膏，那種程度的傷口罷了。

雖然值得同情，但並不是什麼驚天動地、英雄史詩般的悲劇。

如果可以選擇，喜劇一般的人生，跟壯烈悲愴的人生，你會想要哪一種呢？

我不知道我會怎麼選。

難道不能有「壯烈悲愴的喜劇人生」嗎？

戀愛腦，如果離得夠遠——比如把腦袋放到國家戲劇院的舞台上打下一束聚光，而你本人則穿上晚宴正裝，坐在二樓山頂最後一排，拿著望遠鏡——去觀賞的話，其實還頗有這種啼笑皆非、悲壯而又滑稽的韻味。

看著那顆「戀愛腦」裡，對「戀愛」的種種「偏頗認知」，你不免會想問一個問題。

這些「偏頗認知」到底是從哪裡來的？

想像一下這個畫面：某年某月某日，你呱呱墜地出生到這世界上，從那一刻起，你就注定被流通於整個星球的資訊給淹沒——那日以繼夜、不斷沖刷你可憐腦袋的資訊洪流，就如同我們的海洋一般，充斥著珊瑚礁、熱帶魚與塑膠垃圾。

六歲，你看了人生中第一部將「不健康激情」描述為「真愛」的影劇作品。十一歲，你聽見你爸媽三更半夜在家裡客廳互丟花瓶，破口大罵。十五歲，你瞪大眼睛，窩在棉被裡，用手機播放一部充滿暴力、粗製濫造的A片。十七歲，你為那位上完床就人間蒸發的初戀情人而哭腫雙眼。二十三歲，你瞅著電腦螢幕上，將「愛」掰成三六九等、試圖賣你課程的兩性專家，不確定到底該不該掏出信用卡。

然後，某天夜裡，你躺在床上，處於一種介於成熟大人與巨嬰之間、薛丁格之貓般的混沌狀態，突然皺起了眉。

你隱約記得，這世界上，其實還有某些別的、比較安靜的東西——令人潸然淚下的詩歌文學，河畔戀人眼神纏綿的甜蜜瞬間，某雙在人生絕境中、懷抱善意向你伸出的手，親人的擁抱、寵物的舔舐，某個午後停下腳步，為天邊彩霞之絕美而深深動容的瞬間……

於是你迷糊了。

你發現，這世上有很多東西是「愛」，也有很多東西「不是愛」。

有更多東西「被當成愛」，也有太少東西「被好好賦予愛」。

國家戲劇院的舞台上，那顆被聚光燈鍍上金邊的戀愛腦，正在玻璃罩中滴溜溜旋轉。

你把望遠鏡對準了它，想搞清楚，它到底是怎麼運作的？它為什麼這麼不聽話？它為什麼要為生活帶來這麼多麻煩？

最重要的是——我到底該怎麼馴服它？

Part I The Night

2 我只敢在安全距離外，渴望愛情

我常常幻想，戀愛腦是我養的一頭猛獸，它毛茸茸但會咬人、眼神晶亮但偶爾裝瞎，總是對好人不屑一顧，又對壞人過分熱情。

我有幻想癖，因為這是我的職業，我是一個勉強能夠維持生計的職業漫畫家。

我畫戀愛漫畫，讓我的讀者小鹿亂撞，但我自己不談戀愛——或者應該說，我盡量不談戀愛……這麼說也不太對，應該是說，我盡量選擇在安全距離之外，談戀愛。

今天早晨，頂著沉重的黑眼圈，以及因為緊盯手繪板、整晚熬夜而變得過分乾燥的皮膚，掐死線把原稿發送給責編之後，我伸了個懶腰，聽著瘦削肩胛骨之下、脊椎延展的喀啦作響，又感受到緊繃肌肉的陣陣痠疼，不由得張開嘴，發出「啊——」的哀號。

鯊魚夾、蓬鬆亂髮、把針織外套當斗篷掛在肩膀上、膝蓋被書桌邊緣壓出紅痕、扭扭隱隱作痛的手腕，這就是此時此刻的我。

我離開書桌，將為了提神醒腦而設定在十九度的冷氣，默默調整回屬於正常人的二十四度，然後換上一件鬆垮的巨大T恤，戴上漁夫帽，走出家門買咖啡。

我很喜歡這一條通往咖啡店的道路，它鬧中取靜、兩旁種滿蔥蔥鬱鬱的行道樹，前後都能看見夾在高樓中、一片雙線道馬路寬的天空，像一扇巨大的窗戶，框住城市的晴雨。

買完咖啡之後，手機震動起來，是「桑果」的訊息通知。

「桑果」，是一款全匿名制的交友APP，不放照片、不需要透露個人訊息，我在上頭的暱稱是「小蒼」，頭像是一隻不看鏡頭的貓。我認為，能在相片裡直視鏡頭的人，都很有自信。我沒有，所以就連在「桑果」上，那隻貓也沒法看向鏡頭。

「桑果」上，只有一個人會傳訊息給我，那就是「Eros」。

Eros總說，他之所以取這個名字，是因為「Errors」被取走了，只好退而求其次。但我感覺他在說謊，我老覺得他從一開始，就打算取代表愛與情慾之神的名字，只是不願大肆聲張。

Eros 很有神祕感，我常常幻想他到底是一個怎樣的人。

他高大嗎？英挺嗎？還是充滿書卷氣息，有種溫潤如玉的美感？他會不會其實早有家室，只是把「桑果」當成枯燥乏味生活中的一絲喘息？他每天早上用什麼表情起床？衣櫃吊著怎樣的衣服？家裡聞起來是什麼味道？

這些我都無緣相見，我們約定過，既然「桑果」主打匿名性，我們就得匿名到底。

不過，除了現世真身不能分享以外，我們在精神世界裡無所不談。

我知道他這個月在讀哪一本書，上個月看了哪一部電影，最欣賞的藝術家是林靖子，比起米飯更喜歡麵包，說起話來帶著一種不經意的柔軟，會跟我討論「領帶除了掛在脖子上之外的其他二十五種用途」……

親愛的情人。Eros 寫道。

早安。昨夜和妳聊完後，我翻開赫曼．赫塞的《流浪者之歌》，開始重新閱讀。

愛恨、情仇、七情、六慾……悉達塔的生命如此壯闊，讓我再度為之震撼。

生命，真就如一場偉大的遠征，兜兜轉轉、沒有捷徑，非至死亡、永不終結。

也許，妳的心理師便是完成了這場華麗的冒險，得以安然前往彼岸了吧！

昨天妳說，妳要徹夜趕稿，都還順利嗎？

我也想成為妳的讀者，被妳逗弄得臉紅心跳。

對了，後來，我和合作單位的會議，果然一路開至午夜。導致我在回家路上，差點握著方向盤、在紅綠燈前睡著……妳一定會罵我說太危險了！不過，光是想像妳為我擔心的樣子，就有點藏不住微笑。

週末要到了，妳有安排什麼有趣的活動了嗎？別再關在家了！出門走走吧！

臉紅心跳啊……我自認沒有讓男人臉紅心跳的魔法。男人倒是有讓我撕心裂肺的妖術。

我將咖啡往書櫃上一放，翻身倒上了床。

漁夫帽從我髮頂滾落，「啪」地一聲，掉到床尾的地上。

我舉起手機，開始鍵入給 Eros 的回信。

親愛的情人。我寫道。

死亡被你這麼一說，好像是非常輕飄飄的事。

或許對死者來說，死亡，只是一場討喜的、安然的長眠。然而，對於活著的人來說，卻是重如玄鐵的負荷。

我在寂寞的暗夜裡艱難前行，幸好有你，使我不再那麼積極地幻想，從十七樓窗口，縱身躍下之後，變得血肉模糊的情境……所以，你千萬不許握著方向盤，在紅綠燈前打瞌睡！珍惜你自己的生命，就像珍惜我愛你。

週末啊……我確實安排了活動，像你說的，我不該再繼續關在家裡了。城隍廟附近，有一間新開的「沉浸式密室逃脫」，這週六，我姊妹約了大家一起前往。希望有意思！你懂吧，無聊的事物，使絕望之人更加絕望。

你呢？你的週末，會是什麼樣子的？

Eros 和我成為「網路情人」，其實也不過三個月。

心理師過世之後，一片沉悶而窒息的灰，慢慢籠罩住我的全世界。這世上，唯一能談及心裡話的對象，就這麼無徵兆、無聲息地走了，留下一顆恆星坍縮後的黑洞，在我心中慢慢擴散，緩緩吸食表皮之下、靈魂之中，那些僅剩的光明。

我不願拿那些陰暗祕密、細微心事，去麻煩現實世界中的朋友。大家都很忙，大家都要費盡全力才能端出笑容，大家都在生命的溝壑裡，奮力地前進。再加上，這種抑鬱的絕望，一旦跟身邊的人分享，總不免有種赤身裸體的不適……我不喜歡那種尷尬的脆弱。

我總在尋求「安全距離」。

就像我與 Eros 的關係，我們是彼此天頂的雲——他能為我暫時擋下殘酷無情的烈日，我能為他偶爾落下沖洗塵埃的大雨。一萬一千公尺，地表到對流層，看得見、摸不著，沒有誰會受傷，沒有誰需要負責，因為遙遠，所以完美。

這就是我唯一能夠體驗戀愛的「安全距離」。

3 囚禁少女A

親愛的情人。

還記得妳告訴過我，妳的心理師說：「所有感到抗拒的片刻，都是一道自我覺察的大門」嗎？千萬不要因為恐懼門後的風景，而墮入逃避的陷阱……不過，這樣的鼓勵，也許會讓妳覺得太沒同理心吧？

真希望我可以陪在妳身邊，替妳把每一個無聊的瞬間，都燃成驚喜的煙火。

如果不是現在沒辦法用手機，我一定會立刻給 Eros 回信。

——親愛的情人，我現在迫切需要你的「驚喜煙火」。之類的。

我靠著冰涼的不鏽鋼欄杆，冷冷望著這個大約能容納兩名成人的巨大牢籠——巨大，是指相對於它的「鐵籠」形式而言，若作為關押人類的牢房，這鬼東西充滿惡意的狹窄，絕對會讓你懷疑人生。

幸好，它只是密室逃脫的氛圍場景，底座已被拆除，換成對玩家友好的柔軟巧拼，閘門也並未上鎖，我只要推開門，或猛地站起，這座牢籠就將不攻自破。

不過，這麼做沒有任何意義。因為，我在十位玩家當中，偏偏抽到了「囚禁少女Ａ」的劇本，這個路線要求玩家九成時間都待在牢籠裡面，被動接收外界給予的資訊與線索，靠推理能力找出綁架玩家的真凶。

嫌犯有三人——Q、Y、Z。

Q是我的主治醫師，Y是最近因連環殺人案而來找過我問話的警察，Z是每天早上在通勤捷運上，總會與我搭到同一節車廂的陌生人。被綁前一夜，我吃了Q給我新開的鎮定劑後，就不醒人事，第二天起床便身處牢籠。在這之前的一個禮拜，Y到我就讀的學校拜訪，並說警方已經盯上了Z，而我在高風險名單之中，他們不排除加派人手來保護我。Z則讓人感到非常害怕，在遊戲提供的「玩家日記」上，赫然寫著：不管我換哪一節車廂，他都如影隨形⋯⋯

想必是對這套推理劇本非常有信心，遊戲甚至還提供了四張白紙與三枝鉛筆，以便玩家記錄解密過程。我真對不起他們的用心良苦⋯⋯這四張白紙上，全部被我畫滿了漫畫。

而且，我還無聊到睡著了。

在那短短的十分鐘裡，我做了一個莫名其妙、痛苦又驚惶的夢。

在夢中，我的牢籠變成了由全鏡面構成的立方體，而鏡子內的倒影，既像我又不是我——她們時而是我，時而是陌生人，時而又變成根本沒見過，但卻被我認定為是 Eros 的臉孔。這些倒影伸出手，對我尖叫，想掙脫鏡子向我湧來。

我害怕極了，開始拳打腳踢，把那些鏡子統統打破，鏡子的碎片割傷了我，那些倒影在碎裂的鏡面中，不斷大聲哭吼。

我驚恐地往外跑去，穿過昏暗的走廊，推開大門，一陣帶砂石的狂風朝我捲來，那些砂礫刮過臉頰，就像刀割一樣疼痛。

門外是一片風起雲湧的巨大沙漠。一個身穿斗篷、看起來非常不祥的黑影，突然竄到我面前，它拿出匕首抵住我的咽喉，逼迫我跟它走。它說它要橫越這片沙漠。

我被挾持上路，和它一起在烈日下奔走，在岩丘後躲避運送礦石的駱駝商隊……夜裡，那個黑影睡著了。我偷走它的匕首，打算逃走，在準備離開的那一刻，它的兜帽被風給吹開——它的真實面孔露了出來：它竟然還是個孩子！一個女孩！她的睡臉上掛著淚痕，眉眼憂傷地皺起，嘴唇彎成一個令人心碎的弧度。

我突然就動彈不得。

那把匕首從我手中掉落，眼看就要落到那女孩潔白的頸項上去——

我猛然一驚，從夢中醒了過來。

我的腦袋一片空白，心臟怦怦直跳，有一瞬間忘記自己在哪裡，甚至也無法動彈。我花了一點時間才回過神來，重新感覺到自己的四肢與身體。我頂著雷鳴戰鼓般的心跳，越過被我當成枕頭、微微發麻的前臂，看見了一襲穿著白袍的側影。

在思緒游離於夢與現實之間的一秒，我神智恍惚地以為，我的心願終於成真了，我又回到了那間溫暖、安全、堅不可摧的心理諮商室；直到下一秒，理智回到腦海裡，我才恍然想起：心理諮商師不是醫師，不穿白袍。

「你是誰？」我聽見自己開口的聲音，帶著午睡剛醒的含糊不清。

那個穿白袍的人影正倚著我的牢籠，悠然閒散地坐在籠外，那扇毫無作用、只有擺飾功能的閘門，已經被他掀起，他手肘抵著膝蓋，掌中執著幾張白紙。

「這是妳畫的？」他將紙張轉過來對著我，是我方才浪費人家遊戲道具，拿來塗鴉的傑作。

「嗯。」我從趴姿轉回坐姿，揉揉眼睛，凝神細瞧那傢伙的臉——那是一張完全陌生的臉，不屬於今天與我同行的八位好友當中任何一人。

「妳剛剛是想……我的角色是誰？還是『我』是誰？」陌生人問我，他長得很好看，是個混血兒，帶著一種自在輕快的特質。精雕細琢的臉上，劍眉淡漠、薄唇微掀，有一雙令人一見難忘、琥珀色的眼睛，雙眼皮極深，襯得那對瞳孔，猶如星辰般明亮。

「我剛剛神智不清了。」我向他表示，這問題已經沒有回答必要：「我知道你是誰。」

他「哦」了一聲，是語尾上揚、帶著疑問意味的清洌喉音。

「你穿白袍，代表你的角色是Q。」我說，「我們有一個朋友臨時出車禍不能來，店家說他們找了替補，我不認識你，所以你就是那個替補。」

這便是我跟 Lumis 初相遇的過程。

Lumis 是演員，我認識他之後，才發現他演過很多大家耳熟能詳的電影，只是全都是配角，扮相又總是特別浮誇，導致下戲之後，沒有半個人認得出他來。

我是那種在結識新朋友的時候，第一眼就會把異性給分門別類的人——「有好感」、「沒好感」、「有待觀察」、「拒絕往來」……年紀漸長後，這些分類中，又增添了「有好感的地雷」以及「沒好感的好人」。我不知道這算不算戀愛腦的一環，我想，即使不能百分百全算，也可以算上五六成。

這壞習慣替我帶來不少麻煩。因為，「有好感」的人總是傷我極深。「沒好感」的人又常常自覺受到辜負。並且，即便已經把某些人列入「有好感的地雷」，這分類也根本無法阻止我奮不顧身，更無法消除事後那種自感愚蠢的懊悔譴責。

只有「保持安全距離」是唯一靈驗的方法。

在心理師死後，我對這世上一切「過於親密」的東西，都感到心驚膽顫。那種血肉相黏、心靈耽溺的狀態，每一秒都在拉響我腦中的警報——危險，危險，非常危險！

「我是來救妳的。」Lumis說，遞給我一份寫著「藥劑科」的檔案夾，「這裡面有妳需要的推理資料。」

「喔，那個啊，已經不需要了。」我說，有些警覺地看著他：「凶手不是你，我半小時前就知道了。」

「啊？」他對我的戒備恍若未覺，只是詫異地說：「拉我進來充數的工讀生，還大力向我推薦妳這個路線。」

他說，工讀生信誓旦旦地告訴他，「囚禁少女A」是他們最別出心裁、最燒腦、最有可玩性的一條路線，不到結局，絕對猜不到凶手是誰。

我說，對，那個帶我進來牢籠的員工，也這樣跟我說。不過，多虧他的這番話，害我只玩了二十分鐘就猜中謎底。

「等等，」我突然發現一件很重要的事，我鑽出牢籠，狐疑地問他：「拉你進來充數？你不是店家內部人員？」

「不是啊。」他莫名其妙地看著我，彷彿完全不能理解我為什麼會有這種誤會。

我正要跟他解釋，走廊邊卻傳來嘻嘻哈哈的聲音，駱凡晨跟聶希源打打鬧鬧地走進來。

「凶手是Y。」我指著身穿警服的聶希源，大聲地說。

「哭夭。」聶希源愣了愣，「我都還沒把資料給妳欸！我手上有晨晨的犯罪紀錄、手機竊聽檔案，妳真的不看一下？喔，還有這個，雖然我不知道是幹麼用的，染了血的藥盒……」

「原來就是你！在藥劑部打量我的員工！」Lumis恍然大悟道。

「不，那是我打量的。」駱凡晨說，「你的員工是聶希源的手下，我本來要阻止他把安眠藥當鎮定劑開給范夢曦，但我到的太晚了。」

駱凡晨跟聶希源走到牢籠邊，我們四人團團圍著彼此，席地而坐。

「所以，妳是怎麼猜到的？」駱凡晨摘下那副屬於Z的小瓜呆式厚重眼鏡道具，轉過頭來看著我，我注意到她鼻梁上有被鏡框壓出的紅印。

我回答她：「員工跟我說『不到結局絕對猜不出』，那就代表，這角色肯定被塑造得非常不像凶手——醫師一開場就有下藥嫌疑，捷運怪人那麼可怕絕對是障眼法，那就只剩下警察了。」

「勸妳多少次了！」駱凡晨受不了地抱怨我：「日常娛樂的時候不要犯職業病！」

「職業病？」Lumis 好奇地問我，「妳是編劇嗎？」

我說我是漫畫家，Lumis 說他是演員，駱凡晨喊了一聲「等等」，用與我方才相同的訝異表情，問 Lumis 一模一樣的問題：「你不是店家的員工？」

「我為什麼非得是他們的員工不可啊？」Lumis 雙手扠腰。

「因為，我在一個半小時之前才臨時通知他們小魚出車禍嘛！」駱凡晨解釋道，「所以，我們都以為，店家說他們幫忙找了替補，肯定是從員工中挑了一個人。」

「可是，一般人會答應跟九個完全不認識的傢伙，一起玩時長九十分鐘的密室逃脫嗎？」聶希源不敢置信地說。

「你們應該有過那種『跟著感覺走』的經驗吧？」Lumis 一邊用拇指尖與食指第二指節摩娑著下巴，一邊問我們：「突然出現的奇妙際遇，只要選擇順應緣分、自然發展的話，基本上都會得到意想不到的收穫？」

他用一種「把蛋打在熱鍋上，蛋就會變熟」、非常理所當然的態度說出這句話。

我望向他，他有優雅流暢的眉骨，垂柳般的碎髮。他抵著下巴的手指，乾淨修長。骨相分明的手腕上，掛著一圈幼細的白鋼手環，被燈光一照，便反射出炫目的光，將他整個臉龐都鍍上一層朦朧的輝映——危險。

危險。我心想。

如果是之前的我，會立刻把他分進「有好感」那一類。

那麼，這個故事大概也會在這裡宣告結束。畢竟，誰都能推測後面的劇情：女孩因為創傷、心結、不安全感，無意識地將關係推往早已注定的結局。沒有成長，沒有覺醒，只是不斷重複著不健康的慣性，像倉鼠跑在滾輪上，一圈、又一圈……

安全距離。我告訴自己。然後，猛然收回了視線，將目光投向正在發話的聶希源。

「好吧。」聶希源說，他順著 Lumis 方才的發言，有些漫不經心地問道：「那這場密室逃脫，給你帶來了什麼意想不到的收穫？」

「祕密。」Lumis 答道，用那種一派輕鬆的語氣。

4 滿盤皆輸的戀愛

困住我的牢籠，究竟是心理師的死，還是其他別的什麼？

我想，那應該是一種「被拋棄」的絕望感。

像極了父母的離開。

也像極了那些年，那幾段人走茶涼、徒勞無功的戀愛。

我的月曆上，畫了一個日期。九十一天之後，星期五，那是我的心理療程本該圓滿結束的日子。我其實沒有什麼大病，頂多就是「輕鬱症」，或比那再輕一點的東西，我可以正常生活，也能夠笑著與人對話，只是當萬籟俱寂時，總有一片陰霾如影隨形。

你也知道他們怎麼說的……很多東西，是生命中不可承受之輕。

如果照原定計畫，九十一天之後的星期五，我將成為一個比第一次走進那間諮商室的時候更快樂的我。我會擁有健康的心態，沉著自信，對愛充滿信任，從容不迫又勇氣百倍……我會變成資訊洪流裡湧動的塑膠魚群——心理勵志書籍、好萊塢浪漫電影、IG正能量短片之中，不斷描繪、一再吹捧的「閃亮大人」。

我的心理師叫我「別傻了」。她說：自我覺察是一條沒有盡頭的道路，妳可能今天會覺得很閃亮，明天還是感到渺小又失落，重點是學會自我覺察之後，妳可以靠自己判斷出哪些想法該重視、哪些想法只是靡靡之音。

我說：「我從來就不知道，我的腦袋裡，哪些想法該重視，哪些只是靡靡之音。」

我的心理師說：「總有一天妳會知道的，這就是我們的目的。」

然而，還沒走到目的地，她就先斷線了，現在我只能一肩扛起這孑然一身的流浪。

我想起很多拋棄過我的人——而這也是問題的所在，哪怕大家只是一起走到某個十字路口，他本就該往東，我本就該往西，這樣自然而然的道別，也還是會使我感到被人拋棄。

每當想起這種難受的、被拋棄的感覺，我的心情就會變得很差。

比如現在，我坐在陽台邊上，背對窗框，盡量強迫自己不去想像「用超級英雄的浮誇姿勢，撞破隔音玻璃，耗時3.23秒、下墜五十一公尺，最後變成人行道上一坨殘破肢體」的畫面。

親愛的情人。我逼自己把視線牢牢黏在手機螢幕上，寫下要給Eros的問題：你有過非常失敗的戀愛經驗嗎？

Eros很快就回我了，他說：多到我自己細算一下，都嚇了一跳！

我們來交換「失敗戀愛故事」吧！你覺得怎麼樣？我提議。

怎麼突然想要交換這麼私密的情報？他發了一個小狗問號的貼圖。

我很痛苦，我的心理師建議我在感到痛苦的時候，要盡量跟值得信賴的人傾訴。我說。

他問：妳覺得我值得信賴嗎？

我答：就算你不值得，我們這樣的匿名關係，也傷害不到彼此。

確實是呢。他說。

但我覺得你值得信賴。我說。

他發來一個十分感動的表情。這樣的話，不管多少祕密我都願意告訴妳。

那就來吧！我飛快地打字。誰先開始？

他沒有立刻回答，我盯著螢幕上那三顆滾動的小氣泡，等待他完成輸入。

幾分鐘後，他的訊息終於掙脫那三顆氣泡，「啵」地一聲冒了出來。

不過……兩個人，天各一方，抓著手機、窩在寂寞的角落，這種形式對於「交換祕密」來說，會不會有點缺乏溫度？

那怎麼辦？我們又不能見面！我問。

不能見面不代表不能約會。

啊？那要怎樣？通靈？

哈哈，能通靈的話，人生就簡單多了！他給了我一張在宇宙裡漂浮的博美狗動圖。

不然還有別的方法嗎？

他說：我們買同一場演出的門票，但不要告訴對方座位號碼。

我說：有意思。

╳

我們決定去看《靈魂暗夜》。

這是一齣音樂劇，由非常小眾、名為「曙光工作室」的獨立劇團操刀製作。除了結合「次文化」的特色演出之外，最別出心裁的一點就是每場公演結束後，劇團都會跟隔壁的藝文酒吧合作，舉辦一場獻給當夜觀眾的 After party。

Eros 說，那個 After party，就是最適合我們交換祕密的好地方。

如果我們夠有緣……Eros 說：也許我們會在現實世界中，以截然不同的方式，作為陌生人重新相遇。

我被這句話搞得很緊張。

等待開演前，我老是忍不住偷偷觀察身邊經過的男性，有西裝革履、手戴精緻腕錶的熟男，有頭髮染得五顏六色、穿著鼻環的叛逆青年，有一身鬆軟休閒服、把臉藏在報童帽底下的帥哥，也有和另一名男性手牽手、笑得嬌媚如花的健身男子……

Eros會在這其中嗎？

Eros長怎麼樣呢？他的瞳孔裡會有怎樣的神采？他的表情是溫和還是漠然？

我一邊這樣想著，手機一邊在掌中滋滋震動起來。

親愛的情人，我已入座。是Eros傳來的訊息。

我也是。我摩娑著螢幕上的鍵盤，回覆他：我有點緊張，又非常期待。

我們的心情，很相似呢！他說。

除了緊張與期待之外，我還想在開演前，為妳讀出節目單上的那一句話——

我一手執著手機，一手拿起節目單。

——「人因殘破而完整。」

Eros的訊息，和節目單那一行幽藍小字，並列而立，像一種低語。

我看見了。我說。

希望這齣戲，能為即將傾訴心碎祕密的我們，帶來一點別樣的勇氣。他說。

劇場燈光慢慢暗了下來——表演開始了。

《靈魂暗夜》改編自希臘神話中，奧菲斯走入冥府，試圖拯救尤麗緹絲的故事。

編劇很巧妙地將男女主角的身分做了置換，使他們不再是夫妻，而是「靈魂的雙生子」。整個故事，也從「以無畏之愛，拯救已死戀人」，變為「以無懼之姿，拯救沉淪自我」。

舞台被燈光、布景給分隔成左右兩區——右半邊，是故事主線：奧菲斯的冥府歷險。左半邊，則是奧菲斯的「內心世界」，由「繩縛」演出來呈現。

「繩縛」，不是什麼令人吃驚的衝擊演出。

畢竟，我作為一名從小浸泡在ACG文化中的宅女漫畫家，早在青少年時期，就已經接觸過具有「繩縛」元素的漫畫、動畫與同人作品。對於大部分普通人來說，就算是最不好此道的傢伙，恐怕聽了「龜甲縛」、「蝴蝶縛」等詞，也都會感到略為耳熟。甚至，還有可能忍不住「嘿嘿」一笑，露出某種色瞇瞇、另有所指的表情，並偷偷在腦中回憶起曾經觀賞過的A片——那些片子大同小異，裡面通常都有一個被五花大綁、軟肉溢斜、嬌喘微微的赤裸演員。

可是，「繩縛」等於「色情」，這種說法，大概就跟「制服等於誘惑」一樣偏頗。

《靈魂暗夜》的敘事手法，非常大聲的呼喊出這個觀點。

劇中，繩師揹著森冷紡錘，非但沒有色瞇瞇的意味，還成了「命運」的象徵。而被綁者穿一襲緊身、貼膚的慘白薄紗，不僅毫無肉感，反而還形銷骨立。在她的前胸，有一顆用亮片縫製的淌血之心——她的角色象徵「心靈」。

奧菲斯陷入迷途時，「心靈」也在環形支架上，被「命運」給狠狠吊起——意象非常明確：在命運編織的蛛網內，心靈逐漸變得動彈不得、詭異扭曲……

奧菲斯的神話，對於寫故事的人來說，可以稱得上「耳熟能詳」。劇情很簡單：妻子不幸身亡，悲痛欲絕的奧菲斯闖入冥府，用最擅長的七弦琴打動了冥王黑帝斯的心。冥王同意讓奧菲斯把妻子帶回人界，只有一條但書——在離開冥府前，奧菲斯絕對不能回頭！然而，陰陽交界處，眼看就要大功告成時，奧菲斯卻忍不住心念，回過頭確認妻子是否跟隨在後——悲劇就此發生，亡魂蜂湧而上，瞬間便將妻子拉回冥界深淵。至此，奧菲斯功敗垂成，獨自返回人間，最後絕望地在流浪中死去。

在《靈魂暗夜》裡，編劇除了將妻子尤麗緹絲改寫為奧菲斯的靈魂雙生子之外，還將冥府的設定，改編成「陰性力量」與「黑暗力量」的源頭。而奧菲斯最傲人的七弦琴，則被描繪為引領人性的「超我之聲」。

在所有改動之中，最令人動容的，莫過於結局那一場戲——

奧菲斯注定要回頭望向尤麗緹絲，這是無法改變的悲劇。

編劇卻大刀闊斧，讓這一回眸，變成了一種超越自我、接納臣服的無懼。右半邊，奧菲斯已經在冥府的陰暗考驗中，受盡折磨、千瘡百孔，然而他始終牢牢謹記：不能回頭，不能望向尤麗缇絲，不能違反規定，不能放縱。

「就快了。」奧菲斯急急地說，「離開這裡，我們就能重逢，我就能好好看著妳——」

尤麗缇絲則一語不發，臉上的妝像淚痕般流下，她看起來既淒絕又哀傷。左半邊，「命運」的紅繩，穿過「心靈」的手臂、腰際、大腿、腳踝，「心靈」頭上腳下，如倒吊人一般被綁縛於巨環之上。巨環幽幽旋轉，「命運」拉緊繩子，讓繩結在「心靈」身上勒出紅痕，「心靈」面容扭曲，長髮垂落地面，雙臂被拗成殘破的、螳臂擋車的模樣……

奧菲斯與尤麗缇絲又走了一段路，終於，前方亮起，一束微光照進未來。

「到了！就在那裡了！尤麗缇絲！」奧菲斯興奮地叫喚起來。

尤麗缇絲卻別過頭去。她停下腳步，拉住奧菲斯，神情決絕。

「回頭看我一眼吧，奧菲斯。」她幽幽開口。

「妳在說什麼呀！」奧菲斯生氣道，用力扯著尤麗缇絲的袖子：「我回頭就不能帶妳出去了！」

尤麗緹絲悲傷地問：「出去哪裡？奧菲斯？」

「回到陽間、回去光明之處、回到烈日之下——」

「可是我屬於這裡。」尤麗緹絲說，「我屬於陰暗，屬於幽深之地——」

「但這裡只有絕望！只有痛苦！只有無盡的黑夜與沸騰的怒火！」

奧菲斯與尤麗緹絲在舞台上對峙，他始終背對著她。

兩人的喘息聲，在劇場中顫抖地迴盪。

「我是你。」良久後，尤麗緹絲輕聲說：「你必須接受這一部分的自己。」

奧菲斯搖頭，他啞著嗓子，喊道：「就因為妳是我！所以我知道，妳在這裡只會受苦！」

「不是這樣的。」尤麗緹絲的聲音裡染了哭腔，「只要你能夠回眸……」她昂起臉來，朗聲說：「只要你能好好將我看清楚……我便不會受苦！」

她猛地發力，將衣袖從奧菲斯掌中抽回。

「回頭看看我吧，奧菲斯！」她央求道。

朦朧的煙霧如漲潮般溢出，漫過她的腿，也漫過他無助蹲下、惶然痛苦的身軀。

「回頭好好看我一眼吧！」尤麗緹絲說，嗓音裡有絕艷的溫柔。

最終，他站起身來，回過頭去。

那便是最後一眼——

亡魂湧上舞台，在尤麗緹絲身邊跳起詭譎的舞蹈，而她則破涕為笑地拉起裙襬，和亡魂一起旋轉、高歌，白色的衣裙在她腿邊開成一朵盛放的花。

「走吧，奧菲斯！」她高聲喊道，煙霧越來越大，逐漸吞沒了她的身影：「奧菲斯！好好活著，彈奏七弦琴！並且時刻記得——」

「你曾經在冥界直視過我！」她吹響一聲尖銳的口哨，一位亡魂便齜牙裂嘴地撲向奧菲斯。

奧菲斯被亡魂推倒，踉蹌向後，摔出了陰陽之坎——首度跨越到舞台左半邊！

「命運」駭然地望著他。

而奧菲斯撐著膝蓋，站了起來，沐浴在耀眼的白光之中。

奧菲斯向「命運」伸出手，「命運」交出緊握在手中的紅繩末端，悄然退場。

奧菲斯握著紅繩，走近「心靈」，然後，很慢、很輕、很緩地，開始替她解開禁錮。

在解開所有繩結後，奧菲斯將剩餘的繩子猛然抽落，「心靈」驟然下墜，跌入奧菲斯懷中。燈光轉為臟器般的深紅，一種低頻的心跳聲傳來，整座劇院宛如一座巨大的胸腔。

「心靈」伸出手，顫抖地撫上奧菲斯的臉龐，雙唇微動。

發出的卻是尤麗緹絲的聲音。

那個聲音說：「真好，你解脫了。」

×

走出劇院的時候，我有一種從幻境回到人間的感覺。

謝幕時的鼓掌聲與歡呼聲，連同這齣戲的尾韻，都還殘留在耳邊。

親愛的情人，妳喜歡這齣劇嗎？

Eros傳來了訊息，而我怔怔地站在騎樓下，看著細雨朦朧的街景，內心千頭萬緒。

這齣戲給了我某種……想要更坦然去面對痛苦回憶的勇氣。我說。

那就太好了。Eros說。

我在After party等妳。

紅燈轉綠，人群們踏著啪噠啪噠的水花，從我旁邊走過去。

我收起手機，看著對面那間被紫色微光燃亮的小建築，根據Google map顯示，那就是今晚After party的所在地。

我沒有帶傘，就這麼恍惚地發著呆。

「妳也要去『Star Written』嗎？」

直到一把溫潤的嗓音，闖入了我的思緒。

我側身去看，那是一個溫文爾雅的男人，他穿水墨紋襯衫，鼻梁上架著細細的金屬鏡框，臉蛋尖而瘦削。

「喔，對啊。」我愣了一愣，有些不知所措地答道。

他謙和地問：「沒帶傘的話，要不要一起走過去？」

他晃了晃手中的透明長傘，讓傘葉如花瓣般舒展開來。

「啊。」我想了想，點下頭來：「那就太謝謝了。」

「不用謝。」他笑道，優雅地把傘撐開，遮住我和他之間的天空。

我們一起走過馬路的時候，他說他叫尤昊文。

而我不由自主地開始有點緊張起來。

如果我們夠有緣……Eros的訊息，悠悠地在我腦海裡播送：也許我們會在現實世界中，以截然不同的方式，作為陌生人重新相遇——

雨滴打在傘面上，發出滴答滴答的聲響。

「妳一個人來看表演嗎？」尤昊文問道。

「朋友邀我來的。」我說，笑了笑。

一陣風吹來，尤昊文自然而然地將雨傘往我這側傾斜，擋下斜溢的雨點。

「那妳朋友呢？」他問。

「我……」我頓了頓，回答他：「我朋友先走了。」

我們現在已經快要走到 Star Written 了，那攏著紫光的磚造建築，正在幾步之遙外佇立。

我逮著機會，急急地反問他：「那你呢？你也一個人來？」

我們走到門邊，他收起了傘，將之細細捲好，放入傘桶裡，又從口袋中掏出手帕，輕輕抹乾手指。

「跟妳一樣，」他朝我笑道：「我也是朋友邀我來的。」

「那你朋友呢？」

「也先走了。」

×

尤昊文說的「朋友先走了」的意思，原來是他們先他一步來了 Star Written。

他的朋友是一對男女，男生叫做 Ming，女生叫做湘。

我不確定自己是鬆了口氣還是略微失望，也許兩者都有。

他帶我去認識他的那兩位朋友——Ming看起來吊兒郎當、痞帥輕浮，頂著一顆短寸頭，揹著金屬粗鏈帶斜背包。而湘則是位美女，留著長至鎖骨的零碎黑髮，身高至少有一百七十公分，野生眉、煙燻妝、over size復古西裝外套配火辣短背心，在她身上有型至極。

他們倆本來斜倚圓桌，低頭交談，看見尤昊文之後，湘綻開笑容，Ming則豎起一根中指。

我一開始以為Ming和湘是情侶，後來才知道他們是同事。

尤昊文替我介紹，Ming和湘都是《靈魂暗夜》的協作人員，Ming的正職是音樂製作人，在湘的推薦下替本劇擔任編曲顧問。而湘的正職則是舞蹈老師，私下也教繩縛課程，是劇團特地請來的繩縛顧問。

「那你呢？」我問尤昊文，「你也是製作團隊的一員嗎？」

「我只是個普通的觀眾。」尤昊文謙虛地表示。

「少來。」湘說，親暱地用手臂碰了碰我，「他是被我們請來看戲的心理作家，賣圈外票都得靠他呢！」

我們絮絮寒暄了幾句，簡單聊過觀劇心得，又各自點了酒、乾了杯後，

Ming便大喊無聊。他脫下背包，塞到尤昊文懷裡，拉起湘的雙手，對她喊道：「走啦！舞蹈老師！跳舞了啦！」然後也不等她拒絕，就逕自將她拖向DJ台。

我見狀，心中也還惦念著與Eros的約定，便趁這個空檔，順勢向尤昊文告別。

我們互相加了彼此的社群帳號，然後便互道晚安。

我一路穿過摩肩擦踵的人群，一邊打開「桑果」，輸入要給Eros的訊息。

×

親愛的情人，我已抵達。我說。

我也是。他立刻便回覆了我。

我們離得真近啊！他說。

這樣的距離，應該為「交換祕密」增添足夠溫度了吧！我發去一張燃燒的流星動圖。

是啊！他說。

這樣的距離，甚至足以在想像裡，緊緊擁抱妳。

我想像著，和你一起在舞池中跳舞——我說，補上一個吐舌的笑臉。

不過，這樣一來，氣氛就變得太過歡騰，不適合傷春悲秋了呢！

他也笑了。旋即體貼地提出建議。

如果妳現在更寧可加入這場派對，他說：我們也可以推遲這場祕密交換之約。

才不要！我急急地說。

我已經準備好，要把那些有關親密關係的痛苦回憶，全都告訴你！

那就來吧！他回答得乾脆。

我也準備好了。他說。

我問他：你的初戀是什麼時候？

國三，妳呢？

我真的談到一場既不是暗戀、也不是單戀的戀愛，是在高三的時候。

然而，真正的「失敗戀愛故事」，卻是從出社會以後才開始的……我說。

那妳的「失敗資歷」可比我要淺太多了！他打趣道。發來一個邊哭邊笑的臉。

他告訴我：我從國三就開始失敗，此後便不斷輪迴。

你有想過你失敗的原因嗎？我問。

有。他說。

「瘋子就是重複做同樣的事，還期待會出現不同的結果。」

就像愛上納西瑟斯的愛珂那樣，在反覆的輪迴之中，注定只能做一抹永恆的回聲。

Eros 非常喜歡希臘神話。在我們剛相遇之初，他就和我說過。

在希臘神話中，愛珂是一位仙靈，卻遭雅典娜詛咒——祂永遠只能重複別人所說的話，無法表達真實自我，也因為如此，悲慘地錯過了愛人。最終，祂在心碎中耗盡形體，徘徊於山谷之間，成為世間旅人的回聲（Echo，音同愛珂）。

不過，妳現在聽見的……是我的真實聲音。

也是誠摯的、用心想去了解妳的聲音。Eros說。

妳說出社會之後，才真正開始了「失敗戀愛故事」。

那時，發生了什麼呢？

他這樣問我，而我望著這句話，摩娑螢幕，抬起眼來。

Star Written裡，人頭竄動、彩燈明滅，教人看不清他者的臉孔——一抹抹身影、一場場笑語、一聲聲重低音——這種迷幻、疏離，似乎是某種更大的東西的縮影。

我低下頭去，開始書寫心裡的思緒。

出社會之後……我說。

我發現這城市抑鬱濕悶、鬼影幢幢，充滿了似人又不是人的幽魂。

那時的我，輕狂無知，心中裝滿了關於「愛」與「被愛」的愚蠢幻想。

什麼樣的愚蠢幻想？Eros 問道。

我以為愛是要無愛。我說。

我以為這是他們訂下的遊戲規則——那些幽魂訂下的遊戲規則。

那些幽魂傷害了我，於是我選擇加入他們，成為另一個雖然活著卻不曾搞懂自己的人。

在戀愛中受傷後，試圖變成另一個加害者。Eros 回覆道：這似乎是一種常見的詛咒呢。

是啊。我的指尖，悵然地滑過螢幕。

後來我才發現：那些使我痛苦的戀人——那些生命的過客——其實並不是加害者。

我才是我自己的加害者。

我是我自己的劊子手。

我的心理師說：妳也許愛過他們，卻沒有愛過自己。

親愛的情人，我想，我心中也有一個尤麗缇絲。
她代表徬徨、痴迷、慾望、焦慮、不安……或隨便什麼總是把人折磨到夜不能寐的討厭東西。而我在很長一段歲月裡，抗拒她、不願去正視她。
即便到了現在，我也不認為我懂得愛。
甚至，我恐懼愛。
你能明白嗎？你也會有這種恐懼嗎？

我的消息發送出去，舞池裡的人群歡聲笑語。
Eros 那裡卻陷入沉默，像石子沉入湖泊，半晌不見漣漪。
片刻後，他才說：我能明白。
隨著這句回覆，更多的訊息冒了出來。
雖然明白，卻也為此陷入迷茫。他說。
親愛的情人，如果妳恐懼著愛，
卻又說妳愛我……
那麼，在說愛的當下，妳所意指的情感，究竟是什麼？

Part I The Night

5 鑽戒、煙火、汪洋

我開始思考「恐懼愛」與「渴望愛」之間的關係，以及它們在我身上的作用。

同時，一件意外的插曲，也正在暗中，悄然醞釀——

身而為人，我們恐懼很多東西。這些恐懼又驅使我們去做出各種選擇。因此，生命與恐懼息息相關。

我在那件插曲的案發現場，半發呆、半認真地琢磨著這個想法的時候，煙火在我前方不遠處的低空中迸裂——火星子「咻」地一聲，飄飄遙遙、竄到好幾尺高，再「砰」地一聲爆開來，變成一朵轉瞬即逝的絢爛之花。

我看著各種顏色的亮光如流星般落下來，一時竟有點忘了剛剛到底在想些什麼。

手機振動起來，我滑開，上頭閃爍出 Eros 剛剛傳來的訊息。

妳說過這週末要去宜蘭。一切都好嗎？

妳姊妹的求婚驚喜怎麼樣了？都還順利嗎？

自從 Eros 提出那個讓我不知道該如何回覆的問題，並且我最終只能先給出「請讓我好好思考一下」這樣的回答後，我就隱約感受到一種隔閡。

雖然，我們還維持著日常對話，他也依舊溫柔、貼心、主動且充滿關懷，但是，那一種在看不見的世界裡，隱約長出一些什麼的感覺，還是如影隨形。

我不確定這種感覺是雙向的，還是只存在於我的心裡。

不太順利。我說。Eros，我想問問你……

我回頭望向那棟燈火通明的獨棟海濱別墅。

你認為，一個男人明明正在出軌，卻還能下跪求婚，究竟是為什麼呢？

從我的角度，可以看見一樓客廳牆面上，牢牢黏著幾個彩色氣球——它們拼出了「Happy Birthday」的字樣。視線再往左去，揚到更高處，便能瞧見二樓，今夜屬於我的那間房間，此刻黑燈瞎火，沒有半點亮光。

然而，三樓，今天生日的駱凡晨，正站在那間海景大臥室的窗邊，裡頭燈火通明。

她雙手抱胸，肩膀緊縮地繃起來。她身邊站著另一抹剪影，一個頸脖低垂、腦袋耷拉，看起來十分沮喪的男性身影，那是聶希源。他們倆並肩而立，就那樣站了一會，像兩尊不親不疏、姿態詭異的雕像。最後，駱凡晨轉身離開，聶希源的影子又垮了幾分。

我想，駱凡晨肯定是退婚了。這是必然的結果。

所以，當駱凡晨出現在我身邊，左手無名指上仍舊戴著那顆三克拉、枕型切、在夜色下比星光還要閃亮的鑽戒時，我著實非常疑惑。

我看了她一眼，她留意到我的視線，她嘆了口氣，又微笑起來，是接近苦笑的那種笑。

「原來這就是音樂停了，就該找把椅子的感覺。」她說。

我明白過來，同時，也因為這種明白，無語凝噎。

駱凡晨其實是一個很酷的女生，只是她好像時常忘記這件事。

她讀到研究所，開立自己的室內設計工作室，我們前些日子去的密室逃脫，就是她操刀裝潢的客戶。她總是俐落、幹練，以女強人的形象出現在大家眼中；在朋友面前，她則是活潑、開朗、好相處。

可是，她總是給我一種賽跑的感覺。我不知道她在跟什麼東西賽跑，但她跑得很急、很趕，用盡全力，跑到忘記停下來撿起自己留在後方的靈魂。

她以前常常跟我開玩笑，說她老媽給她取「落入凡塵」這種名字，好像暗諷人生就是一場歷劫似的。想起她那時候開玩笑的樣子，我突然有一點想哭。

也許這就是她在賽跑的東西——凡塵之間，那庸俗的一切——金錢、成就、焦慮。

這些東西不斷扭曲著她與生俱來的判斷力，把她趕進世俗的框架之中，去菁存蕪。我想，我跟她都清楚，在這場毫無意義的賽跑裡，人們終將挑選出一群最精疲力竭、最面目全非的人——加冕他們，膜拜他們，封他們作愚人之王。

我不希望她成為愚人之王，我不知道她自己希望自己成為什麼。

「好吧。」我頓了頓，有些難受地開口。我問她：「所以，聶希源是怎麼解釋的？」

幾小時之前，天還亮著的時候。一切都按計畫進行——聶希源拿出偷偷備好的蠟燭與鮮花，正要在海邊布置求婚驚喜。他對我比了個大姆指，意思是我可以開始執行「調虎離山之計」，虎自然是駱凡晨，山則是一樓正在發生的一切。我的工作很簡單，將駱凡晨困在房間裡，直到聶希源那裡萬事俱備為止。

我上樓找到駱凡晨，卻發現根本不需要由我來困住她，她早就已經被別的東西給困住了。我打開門的時候，她正頹然地跪坐在地上，對著床單哀哀飲泣。

我後來才發現，她飲泣的對象其實不是床單，而是床上聶希源的 iPad。她說，她本來只是好奇，想偷偷了解一下聶希源的求婚計畫，這才鬼使神差地解開了螢幕。誰知，第一時間映入眼簾的，竟是一份命名為「❤」的雲端文件。她一邊說，一邊把 iPad 推到我面前，讓我也看一看，那份文件裡寥寥數語、後勁卻極強的內容——

哈哈，妳在吃醋嗎？

我有什麼資格吃醋QvQ我只想吃你<3

靠，那我得盡快趕回去了！

等你回來的時候，就是別人的未婚夫了:(

聽起來滿刺激的~

變態>v<

等我回去讓妳知道什麼叫變態^^

讀了三遍，我感到非常困惑，我問駱凡晨這到底是什麼。駱凡晨點開編輯紀錄，向我解釋，這是聶希源與另一名使用者的對話，最早的編輯紀錄可以回溯到一年半前。

她說，她不知道那個人究竟是誰，但這顯然是某種別出心裁的出軌方式——畢竟，任誰也不會在看見伴侶使用雲端文件時，聯想到偷吃。

我們坐在那裡，駱凡晨一直在哭，她跟聶希源大學相識，畢業後展開戀愛，我身為他們的大學好友，可以說目睹了這段戀愛的整個過程。她從沒想過聶希源會出軌，我也沒有。她哭了很久，天色慢慢黯淡下去，等我再度回過神來，一大坨烏雲已經不知道從哪冒了出來，灰撲撲、陰沉沉地蓋滿原本晴朗的天邊。

對於這個變故，原本計畫在夕陽下求婚的聶希源，顯得有點愁雲慘霧。但他不知道，駱凡晨跟我的心理狀態，才是真正的愁雲慘霧。當他發訊息跟我說「準備好了」的時候，我很想衝下樓去，大力搖晃他的肩膀，對他大聲咆嘯：「你到底準備好什麼？」

但我沒有這麼做，因為駱凡晨突然叫我把方才看到的東西給全部忘掉。「人太多了，不好看。」她說。然後走進浴室，打開化妝包，開始重新往臉上拍粉餅。她用細膩的膚色把淚痕統統遮住，又補塗了睫毛膏、唇膏，把自己變得漂漂亮亮的，彷彿什麼事都沒有發生。

我們走到一樓時，聽見藍芽音響正在播放〈Can't Help Falling in Love（情不自禁愛上你）〉。我想，聶希源原本是打算模仿《瘋狂亞洲富豪》，可惜現在聽來，這首歌顯得格外諷刺。

我很想問問他，他情不自禁愛上的對象，究竟是誰？到底是駱凡晨還是雲端文件的另一名使用者？但他不會告訴我的，他也沒有義務告訴我。

我站在人群之中，聽他對駱凡晨誦讀那篇長達五分鐘的求婚告白，他講的非常誠摯，所有不知情的人都非常動容。等到他終於念完之後，他就單膝下跪，掏出藍絲絨的戒指盒，駱凡晨伸出左手，讓他把戒指套到她的手上去。

大家開始尖叫、歡呼、錄影、發限動。一整群被蒙在鼓裡的人，不明所以地恭喜眼前這對準新人。

即便到了現在，他們也都還被蒙在鼓裡。他們玩仙女棒、放煙火、喝酒，完全沒發現有兩個破碎的、吃驚的傢伙坐在後院樓梯邊，正準備討論一個出軌男的首度自白。

「聶希源說……」駱凡晨嘆了口氣，她用一種極力同理的語調開口：「他說，他對我們倆都是真的，他的迷惘也是真的。」

「那妳覺得呢？」我問她。她的想法才是在這整件插曲裡，對我唯一重要的事情。

「我不知道。」她將臉埋入掌心，「我真的不知道。」

我伸出雙臂攬住她，她的體溫被夜晚的海風吹散，我再度回眸，聶希源還站在那扇窗前，頎長的身影化約成一抹頹喪的輪廓。也許他在後悔，也許他在煩惱，也許他在想那另一位使用者。

也許，人就是一種由荒謬選擇所累積而成的聚合體，像一座歪七扭八的樂高。

「妳可以讓音樂繼續放下去的。」我說，「妳明白吧？」

駱凡晨把臉從手中仰起來，揩了揩頰上的淚痕。

「他說，他發誓，不會讓這件事干擾到我們的生活。」她說，帶著某種辯護意味。

「怎麼可能不干擾？妳畢竟已經知情了。」我說，覺得胸口堵得慌。

「說不定我可以忘掉。」她望著漆黑一片的大海，像念魔咒般喃喃自語：「只要我不再想起，這件事也許就可以像消失了一樣。」她低喃的口吻聽起來像是要說服她自己。

那天晚上，駱凡晨睡在我房間。然而，凌晨一點四十七分，我們正準備就寢的時候，聶希源過來敲門。駱凡晨走到門口，他們倆說了幾句悄悄話，她勾住他的胳膊，他捏了捏她的手掌。

她轉過來，對我說：「我……還是回去睡好了，這樣妳也睡得比較好。」

「看妳。」我回答她，「我都可以。」

她走回床邊，拔掉她的手機充電線，抱起她的水瓶。

「好，那我回去了。」她說，臉上又帶著那種接近苦笑的笑。

我想，那一刻我跟她都明白，即便嘴上信誓旦旦地說著什麼「像消失了一樣」，終究也必須面對事實，那就是「並不會消失」。

有些東西一旦發生，就將永遠存在。比如創傷，比如真愛。

我相信一個人可以愛很多人。駱凡晨走後，我在黑暗的房間中打開手機，看著Eros的回覆。但愛絕不會建立在謊言與傷害之上。

有些感情，只是慣性。他說。

我們習慣的事物，使我們如此安心。因此，產生變化的念頭，往往顯得太過可怕。這種可怕，讓我們裹足不前。

人們回過頭去，眷戀往日的美好，選擇逃避現實，逆水行舟。

海浪聲透過我的窗戶傳了進來，我突然想起二〇一三年看過的一部電影。改編自F.Scott.Fitzgerald的《大亨小傳》。李奧納多・狄卡皮歐飾演那個不斷逆水行舟的男主角——他有一個無法實現的瑰麗夢想，一段虛幻的旖旎執念。他把不可逆的事情當成了可逆，然後奮力划槳，試圖逆天而行。

可是，有些改變是無法避免的，有些成長是必然發生的，有些領悟既是毀滅也是重生。

逆水行舟永遠到不了前方。

逃避的人永遠擺脫不了痛苦。

聶希源在逃避什麼？駱凡晨又在逃避什麼？

而我呢？

我在這場試圖遠遠拋開戀愛腦的流浪中，妄圖逃避的自我，到底又是什麼？

6 颱風眼

害怕失控的人，害怕真正的自我。

如果沒有遇見 Lumis，我可能永遠無法明白這件事情。

如果我沒有明白這件事情，「愛」對我來說，就將永遠是個謎團。

那場慶生求婚派對結束之後，又過了一週，駱凡晨突然打電話給我，問她能不能暫時住到我家來。我說「當然」，又在電話中問及她和聶希源的狀況，她說：「我不知道。」

她來的時候，手中只拎了一個小行李箱，無名指上也還戴著戒指。她對我說：「謝謝」，並在門口給了我一個擁抱。我說：「不然姊妹是幹麼用的？」然後也給了她一個擁抱。

我們幾乎相當於什麼都沒說，那些真正該被傾訴的東西，千言萬語，如鯁在喉。

駱凡晨把自己搞得很忙。她每天早起、上健身房、工作、開會，每晚都煮一桌根本吃不完的四菜一湯，讀非常厚的書，睡前還要做瑜伽。她似乎是打定了主意，要讓自己忙到沒時間傷心，或者說沒時間思考。

她的傷心就像她煮的菜，來不及被完整品嚐，就又在隔一天被統統倒進廚餘桶。

我覺得很浪費，我很想叫她停下來。我希望她能夠把真正的感受說出來，她可以憤怒，可以大吼大叫，甚至可以摔破幾個碗盤，或把我的沙發枕頭捶爛。

「妳不要再壓抑了。」她住到第四天的時候，我終於忍不住開了口。

她放下手中洗到一半的生薑，抬起頭來看著我。

「但是，」她說，用一種毫無情緒的語調：「那樣的話，一切就都結束了。」

她笑了笑，把生薑按到砧板上，喀擦喀擦地切了起來。她切得非常專心，我卻看見眼淚從她眼眶中溢出，滑過鼻梁、吊在鼻尖，最後滴滴答答地落到手背上去。

我想幫她，可是我拿什麼幫她？

她所恐懼的結束，和我這些時日以來的流浪，真的有本質上的差異嗎？

她替自己建立起一種很忙碌的生活，讓這種生活變成她的象牙塔，在這座象牙塔裡，聶希源的背叛、九年感情的終局——那些殘破不堪的、失能錯置的東西，都被包裝、被安放、被隔離，心痛也無憑無據。

而我，也透過一場流浪，替自己編織起一個夢境。在這場夢裡，死去的人並沒有真正死去。死去之人所留下的坑洞，被虛擬世界的字句給飄渺地填補起來——我用安全距離外的慰藉、注意力的轉移、嘴上說愛但其實不敢去愛的矯飾，不斷去粉飾太平。

失去，在我跟駱凡晨的腳下，張開了兩道深淵。

我想接住她。

我想讓她知道我願意接住她。

然而，如果要做到這件事，我就必須得先接住自己。

隔一天的下午，駱凡晨出門去和客戶開會之後，我做了一個決定。

那是星期五，下午三點三十二分。

窗外豔陽高照、碧空如洗，天氣明媚到令人心慌。

親愛的情人。我在關上門前，給 Eros 發去訊息。

我想，我必須去做那件早在四個月前我就該做的事情。

我得去見見我的心理師。

×

佛寺的地下室裡，陰涼幽靜。一排排石板砌成的方格子，像某種超現實的四維空間，往四面八方延伸開來。

我站在我的心理師的靈位前，揚起頭，喉嚨因為這個姿勢而變得異常痠澀。

她的小格子比我高出一顆頭，上頭刻有她的姓名，還貼著她的大頭照。相片裡，她比我認識她的時候年輕一點點，表情親切又端莊。她被貼在那裡，毫無生息，用凝結不動、靜止空洞的笑容，居高臨下地和我遙遙相望。

就像天界到人間的距離。

我終於站在了這裡。我心想。

當時，心理諮商所的人員，曾打電話來告知她的死訊，並詢問我是否希望出席她的告別式。他們說，她的家屬特地安排了一天，讓她公事上的同僚、個案能夠前來祭弔。

我在電話中說了一聲「好」，又拿紙筆抄下日期、時間、地址。可是，當那一天真正到來時，我卻選擇在家裡拉上所有的窗簾，撕碎抄有目的地的便條紙，將它扔進垃圾桶，度過與世隔絕的一日。

半個月之後，諮商所的人員又打來了。他們想知道我是要退費，還是轉診。

我說：「對不起，我想我還沒辦法接受她離開的事實。」我的聲音聽起來顫顫巍巍的，像風中發抖的羽翅。

「我能理解。」那個人員說。後來她傳了一封簡訊給我，告訴我她跟家屬聊過了，他們很樂意讓我在需要的時候，去找我的心理師「聊聊天」，隨訊附上塔位的抵達方式。

聊聊天？我記得那時我笑了。

一個活人跟一罈骨灰，究竟有什麼好聊的？有什麼能聊的？

只不過是徒增悲涼罷了，簡直毫無意義。那時我心想。

然而，真相是，我早就明白，一旦我來到這裡，我就不能再繼續對那個坑洞進行飄渺的填補，就不能再繼續粉飾太平。

一旦我來到這裡，她就是真的死了，走了。

我不知道面對這個事實，我究竟應該有什麼感覺？悲傷？哀悼？懷念？祝願？解脫？遺憾？

真正來到這裡，就如我所害怕的那樣——這些情緒，全都沒有出現。

在我心中，鼓譟升騰的，只有一種……斷裂、巨大、空洞的寂寞。

這種寂寞，伴隨著一些很黑暗的東西。

這種寂寞，熟悉地令人恐懼。

這種寂寞有傷害性。

它夾帶著怨恨、自我懷疑、憤怒……以及一種自毀性的衝動。

偏偏就在那一秒，手機震動起來。

Eros 傳來訊息——

親愛的情人，妳都還好嗎？他說。

我很為妳驕傲。

去見已故的重要之人，並不容易。

妳跨出了這一步，妳很勇敢。

寂寞在我的神經元裡衝撞，支配了我的大腦。

勇敢嗎？我帶著幾分悲涼，站在無數陌生亡靈之間，心中只有苦澀與憤怒。

我自己並不覺得。我說。

我站在這裡，成了一生中所有寂寞的總和。

我像一個傻瓜。

這一切都很傻。

我抬頭，再看了我的心理師一眼。

寂寞和黑暗震耳欲聾。

而我突然就想要玉石俱焚。

我們之間也很傻！我說。

不能見面，輕鬆地說著好聽話的關係……簡直是傻中之傻！

我按下發送。

然後，幾乎是立刻，我就後悔了。

對不起。我說。彷彿被人打了一巴掌，猛然恢復理智，感到一股自責的慌張——

親愛的情人。

請忘了我說過這句話。

請將它看作是我處理寂寞的壞習慣。

那並不是我的真心話。

我匆匆輸入懊悔的字句，Eros 那頭卻一片寂靜。

時間在冰冷而無聲的空間中，一分一秒流走。

我頹然站在那裡，不知過了多久，只覺得自己幾乎快要產生幻覺——心理師彷彿在笑，笑得既詭異又同情，好像來自記憶或非自然的時空。

我似乎能夠聽見她的聲音，或者聞到那間諮商室的氣味……

她的聲音在說：承認吧，妳做了件荒謬且失控的事。

那間諮商室的氣味使我想哭，眼淚卻流不出來。

我知道這很荒謬，也很失控。我心想。

一如從前，每次這種寂寞發作的時候，我總會做出的行為——隨意的擁抱，輕率的親吻，無故的撒賴，膚淺的戀愛——只是，這些行為事後全都被證明無效。

這些選擇，就像止痛或安眠藥，只能飲鴆止渴一段時間。直到抗藥性漸漸累積，寂寞終會捲土重來，甚至變得比之前更加凶猛。

心理師的聲音在問：無效的飲鴆止渴，為什麼不停止呢？

是啊，我心想，為什麼不呢？

然而，問題是——就算不做這些行為，我也並不知道，這世上到底還有什麼，能夠拯救我的寂寞？

就是在這時，我的手機響了起來。

×

我始終沒有搞懂 Lumis 怎麼會在那一天決定打電話給我。即便他多次向我解釋——「就是一種直覺！」但我還是認為這不是一個合理的解釋。

「妳如果一直追求合理，」他輕快地說：「妳就會把整個生命都錯過了。」

那天下午，四點三十八分。

我接起電話，Lumis 劈頭就問：「要不要出來走走？」

他說，他想去看星星，但是臨到出發前，突然又驚覺 個人看很沒意思。我問他說：「你本來要跟誰去看？」他說他本來就打算要一個人看。我被他搞得一頭霧水。他問我人在哪裡，我說我在靈骨塔。

「妳聽起來很落寞。」他若有所思地說：「是靈骨塔讓妳很落寞，還是妳本來就很落寞？」

「我這不是落寞，而是寂寞。」我回答他，「一種難以拯救的寂寞，還有一種失控的愧疚。」

我很苦惱，心灰意冷，就是在那時候，他告訴我：「藝術能夠拯救寂寞。」

我對這個答案不屑一顧。

「太棒了。」我無精打采地敷衍道：「我這就去美術館一趟。」

「不是那種意思啦。」他笑了起來，清冽的嗓音裡似乎也糅進了一抹陽光，「我是在說，或許妳也該嘗嘗演員——或者是藝術家——的生活。」

「什麼是演員、或者藝術家的生活？」我問他。

「在瘋狂中找到藝術，在藝術中找到救贖的生活。」他說。

Lumis 身上那種自在愉快的特質，彷彿有股感染力。好像他僅僅只是站在那裡、開口說話，就能讓你變得不那麼糾結於種種憂鬱。

我們吃了個晚飯，然後準備出發去看星星。

在餐廳外面，我拖著沉重的身軀，爬進他那台越野車的副駕駛座。一邊扣上安全帶，一邊查看手機——Eros 依舊無消無息。

「快教教我吧……」我嘆了口氣，苦悶地說：「藝術怎麼能夠拯救寂寞？」

他瞥了我一眼。那雙琥珀色的眼睛裡，有一種既滄桑又天真的東西。

每當他看著我的時候，我都覺得他就像一個小孩，正盯著一株植物。

「妳真的很想趕快解決這件事，是不是？」他不置可否地反問我。

「愈早解決，愈早解脫。」我理所當然地答道。

「我建議妳慢一點。」他聳了聳肩，「藝術是很慢的東西。」

「但這時代很快。」我垂頭喪氣地說。

「天下武功，唯快不破。」他卻嘻嘻一笑，吹了聲口哨：「攻擊要快，療癒要慢！」

車子駛出去，引擎嗡鳴，他給人一種印象，好像他明明才三十三歲，卻已經把什麼事情都看透了。

我望著他，覺得他好像就是那種常被人們戲稱為「天才與瘋子一線之隔」的傢伙。

我忍不住問他：「有人說過，你是一個很奇怪的人嗎？」

「那不就太好了嗎？」他愉快地說。那時，天色墨黑，車子爬上山路。他骨節分明的十指，如演奏樂器那般，輕巧地在方向盤上蜿蜒而過。

大燈映在漆黑一片的路面上，也映在 Lumis 的臉上。

燈光把他長睫毛下的那對琥珀色瞳孔，變得好亮好亮。

「很好嗎？」我疑惑道，不太確定到底好在哪裡。

他用一種尋求同意的口氣問我：「在那些被視為『正常』的地方，不容易找到真正的自我吧？妳認為呢？」

×

後來，那一晚，在星空下，Lumis還是告訴了我藝術能夠拯救寂寞的祕密。

山裡的夜，萬籟俱寂，帶著鋼筋水泥之中，夏季所不常見的涼意。

我們把車停了，關掉燈，坐在一片漆黑的空地間，天上吊著閃耀的繁星。

「藝術，是一種啟發性能量的循環。」他說，盤著腿，坐在我面前。

他朝我伸出一雙手，掌心向上，一副等待著我把手也放上去的模樣。

「幹麼？」我問他，微有遲疑。

「妳說，妳想拯救的是一種寂寞？」他望著我，手依舊維持著原本的動作。

「是。還有伴隨著這種寂寞的黑暗。」我幽幽地說。

「什麼樣的黑暗?」他問我。

而我看著他,半晌答不上來。我並不是不知道那是什麼樣的黑暗,我只是很難說出口,像自高空墜落的人,被狂風堵住了咽喉。彷彿,僅僅只是與人論及它的細節,那種黑暗都會繁衍出別的更讓人抗拒、難受、想要逃避的怪物。於是,我艱難地將它吞嚥回去,選擇三緘其口。

「反正就是那種很不健康的東西。」我說。

「好吧。」Lumis 細細瞧著我,然後聳了聳肩,動了動他的十指:「把手放上來。」

「為什麼?」我抬起手掌,遲疑道。

「妳看過《記憶傳承人》吧?」他愉快地說,「我要告訴妳一段往事。而這段往事,要手拉著手才能開始。」

我的確看過《記憶傳承人》——在沒有情緒的烏托邦世界,主角成為人類記憶的容器。每天,他都必須要到前任容器的屋中,讓那位老爺爺握著他的手,將千百年的愛恨情仇、悲歡離合,全部傳進他的腦裡。

我們沒有那種能力，不過這仍舊是個儀式。

我把手放入他的掌心，他鬆泛平穩地將之牢牢托住。同時，我也看見他的笑容，並發現那種笑容，有些地方變得不同。

似乎，伴隨著肌膚與肌膚之間、來自觸覺的感知，就連平常的笑容，都多了一份踏實。

「這段往事發生在七年之前，主角是一名二十五歲的少年。」他說。復又笑道：「二十五歲還被稱為少年，好像有點奇怪……」

「不過，不是有那種說法嗎？『現代人的青春期，延遲至二十五歲才成熟』？」他用徵詢同意的口氣對我說：「所以，這個少年，可以說是勉強趕上了青春期的末班車吧——」

總之，那個少年，二十五歲。留著一頭漂成白金色的頭髮，不管走到哪裡，都會因為格格不入的外貌，以及那雙琥珀色的眼睛而成為焦點。

那個少年曾經很享受這種焦點，也深信這種焦點能夠讓他所向披靡。從十七歲到二十歲，這種想法確實應驗了，他在演藝圈混出了一點名堂，然而，也僅止於「一點」而已。

二十一歲到二十五歲，是這名少年最痛苦的五年。

不管做什麼都很不順利，永遠拿不到想要的機會，比他晚開始的同行之中，卻總是不乏平步青雲之輩。他感覺時代的巨輪從他身上輾了過去，一路轂轆轂轆地滾下了命運之山，而他在那巨輪後方，死命追趕，卻始終步履蹣跚。

二十三歲的時候，他結識了一名好友K。K是位懷才不遇的攝影師，兩個不得志的年輕人，很快就一拍即合。K想拍獨立電影，他腦中有一大堆莫名其妙、別出心裁，會被主流專業人員唾棄為「一派胡言」的點子，有時少年在K家過夜，都覺得K根本是瘋子。

K會一邊洗澡一邊吃蘋果，只因為他當時剛看完某本藝術家傳記，裡頭提到有位大文豪總是要一邊泡澡一邊吃蘋果，才會有靈感。但K住在一間只有四坪的破爛小套房，家裡根本沒有浴缸，所以他只能一邊淋浴一邊吃，吃到整個蘋果上都是水。

有一天，他拿著吃剩的蘋果核，頂著濕漉漉的長髮，包著一條爛到脫線的毛巾，從浴室中走了出來，對躺在床上背試鏡台詞的少年說：「兩年內，我要入圍日舞影展，你要提名金馬。」

想當然耳，這件事根本沒有發生。

兩年內，唯一發生的事情，只有K家的火災。

那是一個週五夜，少年正在錢櫃喝酒、唱歌、搖骰盅，用58高粱替憂鬱的生命消毒。把那些懷才不遇的、不得志的、明珠暗投的、顧影自憐的憂思，統統暫時沖刷出去。他喝得很醉，第二天睡到日上三竿，中午十二點，他起床，看見新聞，中正區民宅火災，租客救出時已無呼吸心跳。

K沒死。

但K也沒活。

送醫搶救後，K恢復了生命跡象，但昏迷指數只有三。少年在下午五點終於聯繫上K的家人並趕到醫院後，只看見一個如道具假人般接滿管線的、長得很像K但早已不是K的人。

那是少年二十五歲的春天，他第一次萌生了想要放棄一切的念頭。

他開始需要更多的酒精，好替更絕望的生命消毒。除了酒精之外，他也開始碰一些別的東西。他的有錢朋友給了他一些草，又給了他一些粉，他選了草，卻發現那是一場災難。草把感官放大，又把時間像橡皮筋一樣拉長，原本只要心痛一秒的東西，在草的擁抱之下，變得簡直就像是永恆。

那時候，他心裡住了很多悲觀的想法。比如生命本就是一場凌遲，生命真就如虛無主義者說的那般，徒勞無功，毫無意義。他甚至開始羨慕起K，有時——通常是在他喝醉之後——他還會突然覺得K是背叛者。

他想，K大概是早就知道他們誰也無法完成夢想，於是K拍拍屁股就走了。

K很幸運，可以做一個沒死也沒活的人。

K再也不用面對每一日夢想碎裂的痛苦。

以前，少年的酒品還不錯，喝醉了不是大笑，就是自動導航回家睡覺。後來，少年的酒品變得很差，喝醉之後就失控，他會無故發怒，在街上找路人打架，好幾次鬧進警局。而沒鬧進警局的時候，他會在自己家醒來，睜開眼睛卻發現窗戶被砸碎，IKEA買的桌子上出現好幾個破洞，衣服散落一地。

有一次，他徹夜沒關蓮蓬頭，起床之後，竟發現自己倒臥在一片汪洋之中。

他也開始一邊淋浴一邊吃蘋果，吃一吃會突然很想大吼，接著衝出浴室，灌下一大口烈酒。他覺得自己瘋了，如果K是藝術家那種瘋，那他就是神經病那種瘋，這兩種瘋有時候很相像，但本質上不同，藝術家的瘋是由誠實的能量所驅動，神經病的瘋是由逃避所驅動。

他的朋友叫他「別想太多」、「樂觀一點」、「別像個女人一樣唧唧歪歪」、「人生不如意十之八九」、「要學會看開」。每次聽到這些話，他都覺得很寂寞。他覺得這根本就像是穿著一身名牌西裝，站在岸邊，一邊看著勞力士金錶，一邊對溺水的人大叫：「加油！你可以游上岸的！」一樣荒謬言不及義的荒謬。

「二十五歲那一年的七月三十日，那天天氣熱得要死。」Lumis對我說，他掌心的溫度微微升高了一點，彷彿那一個炎夏的烈日，始終還照耀在他的靈魂上。

「那一天，我決定不做演員了。」他說，「我準備去跟K告別，然後把房子退租，滾回老家，跟爺爺一起經營農場什麼的。」他老家在愛爾蘭一個只有兩千人的冷清小鎮，他說那是個絕望又寒冷的地方。

「抱歉，但是回到愛爾蘭，跟爺爺一起經營農場，聽起來其實還滿酷的。」我老實說道：「完全沒有那種放棄一切的淒涼感。」

Lumis 大笑起來。

「確實是這樣沒錯呢。」他愉快地說，「我現在每年都非常期待能夠回去，跟爺爺一起餵雞、替豬沖澡什麼的……」

「不過，任何事物其實都是心境的投射。」他說，「對一個二十五歲，一事無成，認為自己沒有才華的少年來說……只要夢想沒有實現，這世界就永遠都是噩夢一場。」

二十五歲那一年的七月三十日。

那一天，天氣熱得要死。

Lumis 到醫院，和仍舊在昏迷中的K告別。

然後，他在病房外遇見了一個怪人——一個頂著和尚頭，渾身包滿刺青，看起來凶神惡煞的傢伙。那傢伙瞥了 Lumis 一眼，突然咚咚咚地擋到他面前，惡狠狠地問他：「喂，你不會是準備要自殺吧？」

「啊？」Lumis 嚇了一跳，他抬頭望向那個傢伙，那傢伙則挑高一邊眉毛，用恐怖的表情回瞪著他。那傢伙說：「你身上散發著一股無路可去的味道。」

他後來才知道，那傢伙是個遠近馳名的畫家。

「他過著一種很嬉皮的生活。」Lumis 說，「Turn on，tune in，drop out……那一類的東西。工作室裡掛滿反戰標語、曼陀羅圖騰、彩虹旗還有奇怪的老照片。」

Lumis 說，那傢伙是他的啟蒙導師，也是救命恩人。

就是那傢伙，告訴他：藝術是一種啟發性能量；藝術能拯救一切痛苦。

「他身上那種敏銳，就好像某種強震儀……」Lumis 說，「他並沒有看錯。我當時的打算，確實是一種精神性自殺——」

我聽了這話，感到心內微揪，好像這話講的是他，卻同時說中自己。

「其實，我們周遭，現在，此時此刻，這個城市，每一秒……都有覺得自己無路可去的人們，絕望地決定選擇一種精神性自殺的活法。」

烏雲被風追趕著飄過天空，樹梢發出如低語般的聲響。

「可是，」Lumis 捏了捏我的手，「那傢伙叫我幫他一個忙……他說他在畫一幅名為〈颱風眼〉的作品，希望我可以做他的模特，為期兩週，他會付錢。」

Lumis 從口袋裡掏出錢包，把藏在夾層裡面的一張拍立得拿給我看。

那幅作品我看過。當時以天價被國外藏家買走，還上了新聞。國外藏家接受採訪時，聲淚俱下地說：「出錢的我，是對這幅作品最大的羞辱。〈颱風眼〉不是能以金錢衡量的東西，可惜這社會只有金錢這一種度量衡。」

當時我大三，我還記得，這新聞在美術系的圈子裡，引起了正反雙方的多日論戰。正方認為這是一個真正懂藝術無價的好藏家；反方則認為，這絕對是藝術經紀圈的共謀炒作，這藏家肯定回頭就準備以更高價格轉手賣出，而當代藝術終究逃不過淪為一種「可被接盤之低俗商品」的命運。

但這些都不是 Lumis 故事的重點。

他說他人生的轉捩點，發生在作品畫完後的一個黃昏。

畫家在山上辦了個夏末派對，他們不喝酒、不玩草、不用粉，他們用另一種從六〇年代開始，就屬於嬉皮的東西。那種東西有化學版，也有天然版，畫家是天然版的支持者，他拿出一個小盒子，問 Lumis 要不要來一點，一小把配著黑巧克力一起嚼碎吞下去。

四十分鐘後，Lumis 感覺自己的靈魂離開了肉體。

他聽見有人在問他：「你為什麼想當演員？」

又聽見自己答道：「因為……我的情緒，不是一人份的情緒，而是好幾人份的情緒。如果我不成為其他角色，這些情緒會積滿，會潰堤，會浪費生命……」

可是，他並沒有張嘴，他環顧四周，發現身邊也並沒有人正在跟他對話。

他伸出手來，又垂下眼去，看見手指和身體紛紛冒出七彩的毛邊。

一時之間，他有點不確定自己身在何處。他茫然地抬起頭來，發現天空正呈現一種前所未有的藍色——那種藍色裡有絕豔的紫、閃耀的金、白雲的雪、飛鳥的啼鳴。

「好笑的是……你其實也不是非成為演員不可啊……」那兩個聲音同時在說，用一種雙手插在口袋、嘴唇輕撇的語氣：「其實，這世上從來就沒有什麼『非做不可』的事情。你不被任何夢想，或失落的夢想所定義……」

一陣山裡的微風吹過。

「你只是一個散步的人，恰巧在人生的某一階段，和這些東西走在一起。」

那陣風，帶來一種亙古的雋永；那陣風，把宇宙萬物跟血肉之軀連在一起。

Lumis說他在那陣風裡，莫名其妙地嚎啕大哭起來。是那種出現在任何成年男人身上，都會被認為丟人現眼的痛哭流涕。

可是，他完全不覺得丟臉——他發現丟臉是一種很沒必要的事情。顯然那個派對上的其他人也這麼想，因為有人一邊告訴他：「哭泣是最美好的恩賜」，一邊把一盒衛生紙塞進他懷裡。

那個黃昏，他就這樣抱著那盒衛生紙，像抱著一個剛被生出來的嬰兒。他不斷從這嬰兒體內，把衛生紙抽出來，擦掉從他體內流出來的某些已死的、殘破的東西，彷彿是一種交換，死亡與重生的交換。

第二天中午，他接到K家人傳來的訊息，告訴他K過世了。

他帶著一種困惑的清醒、飄搖的惆悵，開始協助K的家人處理後事。然後，在頭七的凌晨，他做了一個異常清晰，甚至比現實還要更清晰的夢。

夢中，K推心置腹地拍了拍他的肩，接著揍了他一拳。兩個人相視一愣，然後一起哈哈大笑起來，笑到肚子痛，好像全天下的事情，哪怕再微小的瞬間，都值得被好好大笑一場——懷才不遇的夢想、自我懷疑的焦慮、天人永隔的失落、期待、目標、憤怒、逃避、爭執、奇遇、明天……

一切都那麼沒道理，又那麼幽默，在這種幽默中，所有恐懼與煩惱盡數散去。

只有一種悠閒的、散步的平靜被留了下來。

×

講完這個故事之後，Lumis 拍了拍我的手背。

「這就是我的往事。」他說，「那妳呢？妳的往事是什麼？」

我望著他，我突然懂了。

他跟我說這個故事，並不是因為他想說這個故事，而是因為他知道，唯有這樣才能建立起信任，才能讓一個覺得難以拯救自身寂寞的人，有辦法去坦然談論她的寂寞。

我把這個想法告訴他，他望著我，溫柔地笑了。

「寂寞，」他說，「確實就是一種渴望與人連結，卻求而不得的感覺。」

他輕輕旋動手腕，翻轉我的掌心，現在變成我在下，他在上。我感受到他骨骼的重量。這一回，輪到我來托住他。

「真奇妙。」我喃喃地說，「二十五歲是你的人生轉捩點……」

「很奇妙嗎？」他問我。

「二十五歲，也是我的人生轉捩點……」我說，「雖然，我還不確定它會轉去哪裡。」

二十五歲，其實也不是太久以前。三回寒暑，春去秋來。我記得那一年冬天非常冷，接連好幾波寒流，大家都在感冒，每個人都頭疼地死去活來。

「就是那一年隆冬，」我告訴 Lumis：「我走進心理諮商室，試圖重新拼好破碎的自己——」

我永遠記得第一次走進那間諮商室的畫面。

那裡非常溫暖，蘋果色的燈光沉靜而柔和。水氧機一邊送出香氛，一邊發出溪流般的淙淙聲響……那裡椅墊鬆軟，衛生紙擺在一旁，牆上掛了抽象派的作品，時針滴滴答答。

那一天，我對心理師說：「我會來這裡，是因為我有愛情的問題。幾乎讓我無法承受的問題。」

而她告訴我：「**所有親密關係的問題，都是自我的問題。**」

我說，不管是誰的問題，總之我想要破解這一切——破解心碎的迴圈、破解戀愛腦，破解這一切鬧心汙糟的東西——這些讓本來驚奇熱烈的人生，變得灰暗沉重的東西。

她說，沒問題。我們一起努力。

她很常說這句話，我也總是因這句話而受到激勵。

一直到了最後一次會面，她都還是說著這句話。

就像我永遠記得第一次走進那間諮商室的畫面一樣，我也永遠記得，最後一次走進那間諮商室的畫面。

那一天，跟平常沒什麼不同，除了我們變得更熟悉、水氧機換了一個新的氣味，衛生紙快要用完，其中一個時鐘沒電了之外，其他一切如舊。

那一天，我們談論的主題是「依賴陷阱」。

那其實已經是最後了……如果說，在這之前，破碎的自我，是散落一地的拼圖殘片。那麼，截至那一天為止，你可以說：我們已經尋回了所有殘片，並且將它們分門別類。原生家庭是淡灰色、傷痛經驗是深紅色、無效壞習慣是亮粉色……

「依賴陷阱」就屬於亮粉色的那一堆。那一堆裡面有好些殘片，都屬於這個分類。

那一天，結束談話前，心理師告訴我：「我們在這條路上走得夠遠啦！妳可以開始做一些不同的，會讓妳感覺更好的選擇。」

「什麼選擇？」我問她。

「妳回去想一想，下次會面，我們好好討論。」她說，「一起努力！」

然後，她就死了。

一場急病，前後三天，她從一起努力，變成不再呼吸。

「所以，妳至今都不知道，她說的那些選擇，究竟是什麼嗎？」Lumis望著我，目光裡有真摯的惋惜。

「不。」我淡淡道，搖了搖頭，「也許我知道……我一直都知道。」

Lumis 疑惑又好奇地看著我。而我嘆了口氣。

這些日子以來的流浪，那些厭世，那些安全距離，那些避而不談的寂寞……

「我想，我是在賭氣……」我悲傷地說，盡量不讓話語勾動內心深處，那些太過激烈的東西，我淡淡道：「我真的很生氣，氣她沒說一聲就死了……」

Lumis 露出一種瞭然的神情，像看著一個因為冰淇淋掉到地上而萬念俱灰的孩子。

「所以……」他用試探的語氣問我，「妳遇過多少人，死前有記得先說一聲？」

我看著他，突然想起他的 K——那一年，Lumis 站在病床前，看著沒死又沒活的 K 時，內心的煎熬，一定比我更甚吧？

我皺起眉，感覺同時想笑又想哭。我趕緊張大了眼，讓夜風吹乾水氣。

「我也想體驗你講的那種東西。」我輕咳了聲，轉了話題，對他說：「一切痛苦都被拯救，甚至都被看淡的東西。」

「那種東西啊～」Lumis 輕快道，「那就是被稱為『颱風眼』的東西！」

那張拍立得，在我們膝蓋相抵之處，反射著夜色的光芒。

相片中，那幅名為〈颱風眼〉的畫，濃墨重彩，構圖激昂。

那幅畫裡，數張人臉環繞周圍，形成一種或笑或哭、或扭曲或迷途的漩渦。

最中央卻是一片澄澈瑩白，幾乎占去畫面三分之一，用色似在發光。

「那傢伙說，」Lumis 笑了起來，用指尖點點那張相片：「**每個人都是一場颱風**。」

七情六慾組成每個人的風暴，每個人的螺旋雨帶，每個人的外圍環流。在這場颱風裡，我們心魂飄搖，執念、慾望與痛苦一同引吭高歌。

「可是，只要穿過這場颱風……」Lumis 說，拉住我的手：「就能找到本自具足的真我——找到颱風眼。」

他的聲音極輕，卻字字清晰，像要把他二十五歲時所感受過的那一陣風，一併吹送到我心裡。

那一陣亙古的、把宇宙萬物跟血肉之軀連在一起的，碧空與山林之風……

「**颱風眼裡，沒有寂寞，沒有痛苦，只有愛。**」他的話語猶如低吟：「**那就是妳說的，一切痛苦都被拯救、甚至是看淡的東西。**」

Part II

The Storm

我們都知道那不是愛，那是一些似愛非愛，

渴望愛卻愛無能的東西。

那是愛的贗品，那是由依賴、需索、喜歡、信賴……

所聚合而成的情感。

可是，人本來就不該有依賴。

一旦以依賴為前提，以愛之名逃避自身的問題，

那愛就永遠只能是愛的贗品。

7 燈塔

我開始為我的寂寞，做一些和從前截然不同的事情。

我知道，這就是心理師說的「選擇」。

那一天凌晨，Lumis 送我回家。

在我家門口，我對他說：「謝謝。」

他把手插在口袋，一派自在地問我：「謝什麼？」

「謝謝你跟我說了颱風眼。」我站在大廳燈光與街道黑暗的交界處，揚起臉來看著他。

「不客氣。」他笑了笑，舉起手來向我告別。

「晚安。」我說。望著他噠噠噠地走下台階。

天邊微微透出一縷珊瑚色的光芒。我站在那裡，把他映襯在隱約朝霞與陳舊樓房之下的身影，再看了一眼，然後輕輕轉身，準備走進社區大門。

「范夢曦——」才剛邁開腳步，卻又聽到他在身後叫我的聲音。

我回過頭，看見他站在車邊，街燈灑在他身上，像金粉鋪了滿身。

「穿越風暴，注定是場迷航！」他說，「但一定要記得——**生命中處處是燈塔。**」

我想，就是在那一刻，我決定開始「選擇」。

選擇去面對，選擇去處理，選擇去積極地療癒。

選擇去做「不同的、會讓我感覺更好的」事情。

×

Eros 還是沒有回音。

整整三天兩夜，在我對他說出「我們之間也很傻」之後，他就陷入了沉默。在我們訊息往返的數月裡，從來沒有出現過斷聯如此之久的情況。

我不斷在心中猜想，他驟然斷聯的原因——究竟是驚愕？厭煩？不知所措？還是發生了什麼？

這種杳無音訊、這種猜疑，都使我十分煎熬。然而，我同時也知道，自己不敢主動去探詢原因。我向來有這種慣性——我寧可自己藏著掙扎，也不要打破僵局。

心理師說，這通常是因為童年時代總在脆弱時刻感到缺乏協助的關係。我決定藉著這個機會去正視這些問題。

的確，衝動之下，傳了那樣的訊息給 Eros，是我的過失。那完全就是在心理諮商室中，最後一次談話時，所提及的「依賴陷阱」。

當寂寞噴湧而出，主宰思緒時，我總是一而再、再而三地落入這個陷阱——胡抓亂取，試圖把周遭他人變成自身情緒之海裡可供抓取的浮木。

我很後悔，我不能再繼續犯一樣的錯。這就是我要做的選擇。

駱凡晨發現了我的低落，她問我怎麼了？

我沒有告訴她，只是對她說：「我們該一起做些健康的事。」

於是，我開始跟她一起做瑜伽，陪她一起去打羽毛球。順便在運動完，精疲力盡的空檔，逮住機會建議她：把四菜一湯減少到兩菜一湯，這樣一來，至少我們肯定吃得完。

她想了想，露出有點不好意思的笑容，接受了我的建議。

第三天晚上，晚餐時間的氣氛，明顯輕鬆了不少。

我一邊吞下番茄炒蛋，一邊和駱凡晨閒話家常，心裡盤算著也是時候再度跟駱凡晨提起聶希源的話題。突然間，手機「叮咚」一聲響了起來——是「桑果」的訊息通知音！

我拿起手機跳了起來，匆匆往房裡跑。

駱凡晨在我身後喊了一聲：「有湯！要記得喝！」但我來不及應她，房門「砰」地一聲正好關上，我靠著門板，滑開手機，點開訊息。

親愛的情人。

我猶豫了幾天，認為我最不願發生的事情，

就是讓妳認為，在這場艱難的追尋裡，妳依舊是孤身一人。

所以，如果，妳希望見面的話，

我願意和妳相見，重新開始。

Eros 沒有生氣，也沒有厭煩，他的字裡行間溢著令人鼻酸的溫柔。

但也就是這種溫柔，在我心裡，如渡鴉飛過黑海掀起風暴般的巨浪——我想去見他，可是，我同時也明白：若現在去見他，我一定會再度落入「依賴」的陷阱——我會貪戀這種溫柔，也會漸漸變得害怕，怕終有一天他將離開，更會在慣性之中，再度把他視為救命稻草、視為某種轉移自身問題的替代……

「我絕對不要這樣！」我大聲地說。在空無一人的房間裡，簡直像個傻瓜。

我深呼吸，感受到那種類似成癮之人所說的戒斷反應——大腦、身體、執念，都在緬懷過去那種沉淪所能帶來的狂喜；然而，心智、邏輯、信念，卻用盡全力，逼迫自己往反方向去。

我深呼吸，告訴自己這是對的選擇，然後將手機扔到床上，用棉被蓋住。

我打開房門，走出去，回到飯桌，坐下，喝湯。

今天駱凡晨煮的是藕片排骨湯，好喝的要命。我一邊在心裡對抗著那種戒斷反應，一邊狂舀猛喝。在我喝到第三碗的時候，又是一陣鈴聲——這次換駱凡晨的手機響了起來。

她放下筷子，滑開螢幕，表情變得凝重。

「怎麼了？」我問道。

「沒什麼。」她說，放下手機，眼角微微泛紅：「聶希源關心我到底什麼時候要回家。」

湯在鍋裡絲絲冒煙，氤氳了我和她之間的空氣。

「比起回家……」我放下碗，語帶保留地試探道：「應該有別的更重要的問題吧？」

她「嗯」了一聲，垂下臉去。

她深深、深深的吸了一口氣，又重重、重重的把那口氣吐出來。

「我有時候，」她沙啞地說，聲音裡有某種疲憊不堪、隱忍已久的東西，「很想要推聶希源去撞牆……撞好幾十遍、好幾百遍。撞到鼻血噴出來，門牙全都斷掉！撞到他跪地求饒，發誓自己再也不會偷吃為止！」

「很不錯的想法。」我誠摯地說。

「但是，那又解決了什麼問題呢？」她用左手蓋住右手上的戒指，睜著一雙空洞厭倦的眼睛，抬起頭來看著我。她問我：「為什麼我們最後竟然會走到這裡？」

我無法回答她，我相信她也沒有期待我能回答。因為，在接下來的幾分鐘裡，我們就只是靜靜地坐在那裡，隔著那鍋冒著蒸氣的藕片排骨湯，無言地對望。

良久之後，她「唉」了一聲，捶了我的桌子一拳。

「要離開？還是要留下？」她喃喃自語地說。桌子猛地一震，杯碟發出哐啷啷的聲響。

我望著她，不確定她指的是這段感情，還是我家。

「我覺得妳應該先繼續想像推聶希源去撞牆的畫面。」我客氣地建議。

她笑了起來，是那種又氣又傷心、又煩又暴躁的笑。

然後，她望了我一眼，站起身來，走向她的小行李箱，從裡面拿出一支山崎十二年。

「一邊喝，一邊想。」她興致勃勃地對我說。

我想，讓她就這樣放縱一下也不錯，於是我去拿了兩個玻璃杯，又裝了些冰塊。

駱凡晨把威士忌倒進酒杯裡，再將杯子高高舉起。

「敬愚蠢的爛事。」她說，臉上笑得燦爛，眼底全是破碎，「敬該死的未婚夫，敬另一位使用者，敬 Life is a bitch，敬支離破碎的生活。」

我和她的杯子相撞，發出清脆的聲響。

我們咕咚咕咚地飲下酒液，喉嚨熱辣，胃部灼燒。

駱凡晨似乎是打定主意要喝醉。

到了半夜十二點的時候，她已經喝掉半支，我才喝兩杯半。

她拿起所剩不多的酒瓶晃了晃，接著突然雙手一拍，露出一種喜出望外的表情。

「我們該去夜店跳舞。」她說，用那種醉醺醺又興高采烈的語氣。

「什麼？」我說，完全是大驚失色的口吻，就好像她剛才其實是提議我們變賣家產、去賭場孤注一擲一樣。

×

我們還是去跳了舞。

松壽路九樓的夜店，那一晚也不知發的什麼瘋，居然是懷舊EDM之夜。

在二〇一二那幾年的熱門曲子中——Animals、Shot Me Down、Red Lights、Mammoth、Wake Me Up、This Is What It Feels Like——我跟駱凡晨手牽著手，踏著一種醉漢的步伐，使出渾身解數，硬是把身體給擠到了舞池最前面。

我們在DJ台正下方瘋狂蹦跳、大聲飆唱，把旁邊的大學生們嚇得統統退避三舍——他們對這些曲子毫無共鳴，搞不懂我們為何要熱淚盈眶。

凌晨一點半，駱凡晨在人群中大哭起來，一邊哭一邊笑，我從沒見過她這個模樣。

我手忙腳亂地給她找面紙，而她只是任由睫毛膏跟眼線液混著眼淚一起流下。

她吸著鼻子，在瘋狂變幻的螢光燈中，對我說：「我已經十年沒聽這些歌了。」

「我知道。」我說，「我也是。」

離開夜店的時候，我們倆都渾身脫力、既聾又啞，她臉上烏漆墨黑的淚痕已經擦拭乾淨，變得素淨而蒼白。

在計程車上，她累得睡著了，而我則進入了一種恍惚的飄渺狀態。

我望著車窗外川流不息的燈火，知道有一些東西會在今夜之後從此不再相同。

那是一種很細微、如人飲水的東西，就像心愛的果樹在一陣秋風之後，赫然少了兩片葉子，唯有栽種者看得出來。

回到家後我洗了澡，坐在陽台的椅子上，望著底下杳無人煙的街景，以及清冷孤獨的夜色。

酒精在血管中奔流，放大情感、也放大思緒。

我掏出手機，靜靜看著「桑果」裡的訊息。

然後，我把心一橫，開始鍵入回信。

親愛的情人。

我在酒精的作用下，寫這封信給你。

如果是在意識清醒的時候，我想我會字斟句酌，自我干擾，反覆思量，無法下筆。

我想去見你。
同時，我也認為，在我們決定見面之前，
我應該、也需要，先回答你曾經提出的那個問題——
那一夜，在我們看完《靈魂暗夜》後，你問我：「當妳說妳愛我的時候，妳所意指的情感，究竟是什麼？」
我想，我們都知道那不是愛，那是一些似愛非愛，渴望愛卻愛無能的東西。那是愛的贗品，那是由依賴、需索、喜歡、信賴……所聚合而成的情感。
可是，人本來就不該有依賴。
一旦以依賴為前提、以愛之名，逃避自身的問題，那愛就永遠只能是愛的贗品。
請原諒我的任性，我並沒有要以自身的寂寞，勒索你和我見面的意思。
我希望見面是在我們都透徹準備好的時候發生。
美好、水到渠成、喜悅、感動……
然而，在反覆咀嚼你的文字之後，我發現自己產生了一種全新的疑問。
在我看來，若有朝一日相見，那必然是所有往昔之物，積累昇華的延續……

為什麼，你卻將這描述為一種「重新開始」呢？

親愛的情人，請告訴我你的想法！

第二天一早，駱凡晨來叫醒我，她身上還穿著昨夜的衣服，頭髮亂七八糟，似乎對睡在陽台的我一點也不感到驚訝。

「我請假了。」她說，「妳今天要幹麼？」

「沒幹麼吧。」我打了個哈欠，問她：「妳想幹麼？」

「我想做點能讓人鼓起勇氣、下定決心的事。」她靠著陽台落地窗，把半張臉埋在紗簾裡，她嘆了口氣，又哈哈笑起來，彷彿酒精還沒從她身體裡完全離開似的。

「哪有這種事啊？」我頭昏腦脹地說。

「也是。」她聳了聳肩，抱了換洗衣物去沖澡。

我拿了手機到屋裡充電，Eros 還沒有回覆。老實講，我無法預測他會怎麼回，也不知道他會什麼時候回。但是，我知道我做了對的選擇。

我打開社群軟體，尤昊文的頭像高高掛在上面，我點開他的限時動態，赫然看見一張海報縮圖，上面寫著「LIGHT HOUSE：靈魂與暗夜的工作坊」，以及今天的日期。

我眨了眨眼，心裡有一種很微妙的感覺。

駱凡晨洗好澡出來之後，我問她：「要去身心靈工作坊嗎？」

「身心靈？」她用毛巾擦著頭髮，一臉茫然地看著我：「妳說有頌缽、冥想、靈氣治療，每天對著鏡子說世界真美好……的那種東西？」

「對。」我說，「就是那種東西。」

×

在尤昊文轉發的活動上，遇見尤昊文，好像也是天經地義。

他說，這其實是湘的熟人辦的活動，他們似乎是看了《靈魂暗夜》那齣戲以後，立刻決定要接力呼應，深入耕耘這個主題。

「湘本來也要來的。」在我們各自選了個蓬鬆軟墊，在鋪著木頭地板的寬闊空間裡就座時，尤昊文告訴我：「結果她放我鴿子。」

Ming在一旁插嘴道：「她一早才說什麼心情不好……女生一天到晚都心情不好，害我要被抓來當湊數的。」他翻了個白眼，顯然是對這個活動興趣缺缺。

「你說的沒錯。」駱凡晨正仔仔細細地把她的軟墊拉撐，然後端莊地跪坐上去，她沮喪地自嘲：「女生一天到晚都心情不好。」

「妳正在經歷靈魂暗夜嗎？」尤昊文從我左邊探出一顆頭，關心地詢問我右邊的駱凡晨。

「我大概只是上輩子造業。」駱凡晨做了個苦瓜鬼臉。

尤昊文笑了起來，而我只是看著對面牆上那張活動海報發呆。

靈魂暗夜，原來真的是一個專有名詞。

我本來以為它只是一齣戲名，沒想到原來那齣戲取了這名字，竟然是一種致敬。

The Dark Night of the Soul——最早可追溯到十六世紀西班牙的神祕主義。在近代的New Age群體、身心靈領域裡，則是專指一段「個人生命中的黑暗歷程」，通常伴隨著小我崩塌、存在危機、病痛失落等一系列有助於觸發靈性覺醒的苦難經驗。

後來，在這一切都結束的很久以後，我才恍然驚覺——其實，我個人的「靈魂暗夜」，說不定很早以前就已經開始了。只是，我一直等到它將要落幕時，才發現這大概就是被人們稱作「靈魂暗夜」的那種東西。

不過，這樣也好。我有時會有一種很慶幸的感覺……畢竟，在曙光來臨前，才意識到的黑夜，似乎也變得不那麼漫長。

活動主持人開始邀請大家分享今日來參加活動的理由。

尤昊文說：「我是念心理學的。」他站起身來，風度翩翩地拿著那支麥克風，月白色襯衫和煙灰西裝褲，使他看上去像一幅山水畫。

他頓了頓，露出有些謙和羞澀的笑容。

「心理學教人覺察，教人如何探究精神背後的祕密，也教人去深深挖掘……所有痛苦背後，那些使人更加痛苦的原因。」他的語氣溫悅柔緩，「可是，在苦學十五載之後，我才發現，這門學科好像並沒有教我要『怎麼放下』……」

他說，他今天會來參加這場活動，是因為他想要找到一種「放下的方法」。

「我也是。」駱凡晨說。

「誰不是呢？」Ming 扭扭脖子，懶洋洋道。

「放下是人世間最終極的追求。」主持人說。她的聲音寧靜悠遠，那襲松葉色長裙裹住她全身，哪怕這裡沒有風，都顯得衣袂飄飄。

她用像在吟詩的口吻說：「我們常說放下、放下，可是，大家老是想偷吃步、偷懶，不去好好看清楚……那個該被放下的，到底是什麼東西？」

她把「放下」，說得好像是奇幻故事裡，巫師驅魔的過程——你得見到這個妖魔，找出這個妖魔的真實姓名，然後才能驅逐祂，消滅祂。

其實，不管是穿越風暴，還是好好看清該被放下的東西，彷彿都只是變換著不同說法，在描述一種人生必經的、精神層面的成長之旅。

交流環節結束後，主持人調弱燈光，又為我們播放山林溪流之音。幾個工作人員將頌缽與手碟擺到台前，紛紛盤腿坐下。

「若想看清該被放下的東西，就得向內探尋——」主持人說，她此刻雙手合十放在胸前，閉著眼，臉上帶著平靜的微笑：「我將帶領大家，進行一場療癒冥想——」

「完了。」駱凡晨在我旁邊喃喃道：「我每次冥想都恍神……」

「冥想跟我們的工作、生活、責任、義務不同。」主持人緩緩地介紹：「冥想不用努力，不用奮力一搏，更無須自我譴責……」

她說，冥想的基礎，就只是反覆、輕鬆，不斷將注意力帶回到自然呼吸的韻律上。

「任憑心念來去。不要追逐，不要分析。」她慢慢地說：「讓心念自然生滅，直到無生無滅。」

我以前從沒老實做過冥想。

跟駱凡晨一樣，我們倆老是恍神，怎樣也達不到什麼「任憑來去」、「無生無滅」的境界。如果用尤昊文後來開玩笑的比喻來解釋，那麼我們全都是「能力失控的時空旅人」——他說，我們總是活在回憶的煎熬或未來的憂慮裡，我們的思緒不斷在時空中跳躍：這一秒在昨天，下一秒在明年，再下一秒跑回到五個月前，跟人吵架吵輸很生氣的那一天，下下一秒又跳到十分鐘後，不知道晚餐該吃什麼的瞬間……

「想像一下，你走在街上……」主持人繼續引導，那些嗡嗡噹噹的泛音樂器，襯著她的聲音，好像格外有種凝神靜心之效。主持人說：「車子從你身邊開過去，你不會跑去追它，也不會花接下來的半小時、反覆糾結這台車到底是灰色還是銀色……面對心念，也是一樣的做法——」

我們開始跟著高音頌缽的節奏呼吸。

每一下，金屬的嗚顫都伴隨胸腔的起伏。

不去追逐心念，是一件令人很不習慣的事情。

就像克服「依賴陷阱」一樣，往昔的作法總帶著一股熟悉，而人在這種陌生與熟悉的拉扯間，不由自主地產生抗拒。

「如果你開始感到不耐煩、挫敗，心念混亂……」主持人的聲音悠悠傳來：「只要告訴自己，再多做一秒……一秒很輕鬆，很簡單就能達成……只要再一秒——」

我繼續呼吸，一秒確實很輕鬆也很簡單。

然後又是下一個一秒、再下個一秒……

很神奇的，在一秒一秒間，心念生滅的速度確實減弱了——思緒逐漸安靜下來。

我在這種有點美妙的沉緩狀態中，待了一陣子。

直到主持人的聲音重新響起：「現在，我要邀請大家一起想像——」

她說，想像你向下沉去，沉入一場最黑、最黑的暗夜。

而你在此獨自前行。

你並不孤單，你知道周遭有許多充滿善意的能量。

這些能量會跟你一起，走到這場暗夜的核心，看見這場暗夜的結局。

這種黑暗，如水一般柔軟，往宇宙至高處延伸。

而你在黑暗的盡頭，看見一道門。

這道門全然由你想像，它是任何你所看見的樣子。

你往這道門走去。

你來到這道門前，握住手把。

你將門推開。

門後面，有光、有影，有你這些日子以來，一直渴望看清、渴望釋放的東西——

「門後面的風景，是什麼呢？」主持人說，「門裡面，有東西想和你說話嗎？」

我在想像力與意識的世界裡，手握門把，站在那扇質樸褐灰的木門前。

我看見門後面的人影——那是一個孩子。她坐在地上，周遭散著圖畫紙，她的影子如潑墨一般，各種色彩混雜蔓延。她的影子看起來熾烈哀愁，巨大地包覆住天地。

她轉過頭來，眉眼之間有一種冷然的悲傷。

我感到前額飽脹，眼球不自主地顫動，我的身體彷彿消失了，或者跟別的什麼更無垠的東西融合在一起了——我的感知裡，只剩下我跟她。

她張開口，她想跟我說話。

我看見她的唇型一張一闔，她的嘴型動了五次——然而，周遭一片寂靜，我聽不見她的聲音。

8 赤裸下午茶

從LIGHT HOUSE工作坊出來的時候，我心裡還是想著那個孩子。午間的豔陽很烈，我們站在場地外，Ming在抽菸，尤昊文和駱凡晨在聊天。

手機震動起來，是Eros的回覆。

我背過身去，在陰影裡閱讀他的訊息。

親愛的情人。他寫道。

妳問了一個令我無法回答的問題。

請容許我，將這個答案，暫時留作祕密。

等到我們真的見面那一天——妳自然就會明白「重新開始」的意義。

雖然妳說，妳還沒準備好、妳不希望我們之間妥協於愛的贗品。

但是，妳的訊息、妳的話語，早已切切實實地讓我感受到愛的溫暖。

妳的自我追尋之路，使我無比動容，也讓我更想竭盡所能去守候妳。

謝謝妳，在這趟旅程裡，願意和我分享妳看到的風景。

陽光曬在背上，曬得整個人暖暖的。

我已經很久沒有過這種感覺——一種充滿希望的穩定感。我甚至記不清上一次品嘗到這種感受，是什麼時候。

我飛快地旋動手指，輸入要給 Eros 的回信。

親愛的情人。我說。

謝謝你，總是聽我分享，總是陪在我的身邊。

我正在積極地為見面做準備！

像你守候我一樣，我也想成為有能力去守候別人的人。

希望相見之日，很快就能到來！

寫下這番話的時候，我的內心很高興，壓根沒有預料到變故即將到來。

我反覆將這段訊息讀了幾遍，帶著笑容按下送出，然後加入到駱凡晨、尤昊文以及 Ming 的對話裡。

他們現在正在討論「是否有可能跟出軌的未婚夫發展成開放式關係」。尤昊文主張多方嘗試，Ming 堅持「Cheaters don't change（出軌只有零次跟無數次）」，駱凡晨則一副腦容量快要爆炸的頭疼樣。

「我現在沒辦法好好思考──」駱凡晨說，用腳尖踢著地上的一片落葉，「宿醉，心亂如麻，有一百件事情要考慮……」

「我們應該搞一個『傾訴互助會』！」我說。對腦中這個突然出現的點子感到興致勃勃，「大家聚在一起，聊聊各自在生命難題、自我覺察之路上的困境什麼的……」

「好主意。」尤昊文笑道，「傾訴與傾聽的力量，總是被大眾低估。」

「『互助會』聽起來，好像是什麼勒戒活動。」Ming 掐熄他的菸，懶洋洋道。

「不然你想一個更好的名字。」我挑戰他。

「我沒辦法。」他毫不嘗試地拒絕：「這種事是作家的工作，不是音樂製作人的工作。」他用手肘撞了撞尤昊文的前臂。

「就叫『赤裸下午茶』。」尤昊文倒是不費吹灰之力就完成了任務。

「赤裸?要脫衣嗎?」Ming 一下就來了興趣。

「醒醒吧。」尤昊文說,「你這胸無點墨的音樂人。」

赤裸下午茶——根據尤昊文的說法,靈感來自於「垮世代」大文豪 William Burroughs 的經典作品:《裸體午餐》。這位文豪宣稱:「午餐本來就是裸體的」,並寫了這本關於物質成癮者的古怪精神漫遊小說,而他本身恰好也是個癮君子。

一九五一年在墨西哥,這位文豪因為某種不可考的神祕理由,一槍轟爛了第二任妻子的腦袋。(有一說是他在喝醉後,試圖開槍射擊妻子頭上的蘋果。但他自己事後的口供,卻是槍枝意外走火。總之,他隨後遭到起訴。)

在我跟尤昊文開始籌備這場「赤裸下午茶」的時候,他跟我說了這個典故。

同時,他也溫文儒雅地表示:「倒不是說我們要借鑑這種行為什麼的。」

他說,「只是,有時候僅僅是旁觀一位藝術家的失控,就足以助人療癒內心那些微小而深刻的瘋狂。」

我覺得還挺有道理的，我告訴他：「有個朋友曾經告訴我，若想要治癒寂寞，就得過上『在瘋狂中找到藝術，在藝術中找到救贖的生活』。」

「那妳務必要邀請這位朋友，一起來喝茶。」尤昊文誠摯地建議。

我打給Lumis說這事的時候，他幾乎是一口就答應下來。

「我果然沒有看錯人。」隔著電話，他的聲音聽起來分外爽朗，「妳是那種好玩的人。」

「是喔。」我說，又問他：「那什麼是不好玩的人？」

「嗯……」他在電話那頭想了一想，回答我：「被困在燈紅酒綠裡的人吧。」

「哦。」我咕噥道。心裡想著我好像沒有認識這樣的人——也許這就是浮華演藝圈跟御宅漫畫圈的生活差距吧。

總之，那個週末，我、尤昊文、Lumis、駱凡晨、Ming、湘，全都聚集在那棟隱沒於東區後巷的不起眼舊大樓裡。

那是湘的家。

因為尤昊文家太小，Ming跟母親同住，我家堆滿雜物，駱凡晨家裡有聶希源，所以最後湘大方地借出她家，甚至還為了這活動買了一罐新的台茶18號。

「下午茶怎麼能沒有茶呢？」聽說湘當時如此義正詞嚴地告訴尤昊文。

×

親愛的情人。
不管多久我都願意等！
我會一直期待著與妳相見的那一天。
並且感激——在那一個春季的夜晚，遇見了妳。

×

親愛的情人。

我也非常感激！

我的身邊，最近出現了許多好事。這也許是繼心理師過世、我們相遇以來，我第一次在現實生活中，感受到與人之間，那種深刻且堅定的連結！

這個週末，我和朋友準備舉行一場名為「赤裸下午茶」的神祕活動。其實原本我們打算叫它「傾訴互助會」，不過，有個嘴巴很賤的朋友，堅持我們該換個名字。（關於「赤裸下午茶」，也有一個典故，如果你有興趣，我再告訴你！）

我想，我的心理師，在天之靈，看見我正逐步建立起這種「值得信賴的傾訴群落」，應該也會認為我幹得不錯吧！你覺得呢？

×

Eros的回應，在我和駱凡晨抵達湘家門口的時候送到。

親愛的情人。

我不敢為妳的心理師妄下定論。
不過，妳總是能使我驚豔，這一點我可以擔保。
希望活動順利！

讀完訊息之後，我覺得心裡非常喜悅、踏實。
我按下門鈴，沒過多久，湘便出來開了門。
「好久不見。」她望著我，眼裡有一種搖曳的親切，「尤昊文他們已經到了，快進來吧！」她說，替我和駱凡晨拿了兩雙毛絨絨的拖鞋。
她家很大，從外頭根本看不出裡面居然如此寬敞。淡雅的藕灰色侘寂風裝潢，一切都井然有序，優雅和諧，跟外面台北街頭那種七零八落的拼湊，彷彿是兩個不同的世界。
「對她們就那麼溫柔，對我就那麼凶。」Ming 四仰八叉地躺在沙發上，手裡轉著一顆莫蘭迪色魔術方塊，他瞥了我們一眼，沒好氣地抱怨道：「唱個歌也要被罵。」
「你那歌喉，很擾民啊。」湘疾步走進廚房，從中島探出頭來，問我跟駱凡晨喝紅茶要不要加鮮奶，我們都說不用。

「妳跟尤昊文兩個，不知道在愁眉苦臉幾點的，」Ming嘖了一聲：「你們那才叫擾民好不好。」

「愁眉苦臉？你心情不好？」駱凡晨圓滑地接口，向尤昊文關切道。

「聽了Ming的歌，已經好多了。」尤昊文體貼地說，「是吧？湘？」

「我是見了新朋友才變好的。」湘端著兩只陶瓷茶杯回來，笑著對我和駱凡晨說。

我仔細瞧了瞧尤昊文和她，確實看上去都心事重重的樣子。

「說到新朋友，不是還有一位嗎？」Ming坐起身來。

門鈴在這時響起，我陪湘一起去開門。

Lumis風塵僕僕地站在那裡，朝我們倆揮了揮手，懷裡還抱著一盒新鮮出爐的蘋果派。

他踏進門來，放下手裡的盒子，掏出一張對摺的小卡，問我們：「這是誰寫的？」

那張小卡是封邀請函，今天早晨，我們每個人都收到一份。

上頭嵌入紙肌的鋼筆縱橫，以娟細瘦長的字體寫著：

少一點言不及義的寒暄，多一點刻骨銘心的理解。
聆聽時，我為你而在；傾訴時，我為自己而在。
請與會者們各自攜帶一件「象徵暗夜」之個人物事。
八月十六日．午時一點。
赤裸下午茶——以茶會友，以夜入魂。

「是尤昊文寫的。」湘答道，「他說鋼筆書法是作家的浪漫。」

×

如果鋼筆書法是作家的浪漫，那剖腹交心的深入對談，就是自我覺察者的浪漫。

在湘家那優雅舒適的客廳，我們團團坐著，在品過茶、淺嚐了一點蘋果派之後，大家便魚貫地將自己帶來的「象徵暗夜的物事」給拿了出來。

這些物事大相逕庭，但每一樣都有其生命力。看得出來，在經年累月中，它們的主人為它們增添了一種無形的個人色彩。

尤昊文是一隻褪色小熊娃娃，Ming是一塊斷掉的紅鞋跟，駱凡晨是一封手寫信，湘是一疊裝在黑色封套裡的相片，Lumis帶來一枚古董指北針，而我則是三張積年的門票。

我看著這些東西，以及每個人拿出來的時候，臉上那種或珍視、或悵然、或若有所思、或五味雜陳的表情。

我這才發現——自從我成年之後，便逐漸開始習慣用表面成就、淺層言談間的舉止，去衡量評判一個人。我把這種疏離與淡漠，當成是社會人士的分際，我以為不去關注彼此內心的柔軟部分，是一種禮貌、一種客套、一種本該如此的社交模式。

然而，那個藏著恐懼與掙扎的柔軟部分，其實才是一個人的真正本質所在。若想建立起帶著真愛的關係，深刻地去彼此了解、互相扶持，就絕不能冷漠地迴避這一點！

「我準備了一個道具！」湘說，她把一個漂亮的烏金石茶盤拿出來，擺在客廳茶几上，讓我們把帶來的東西全部都給扔到上面去。

「這樣才有儀式感。」她說，「心靈是很需要鄭重相待的東西。」

那一天的下午茶，由我們三個女生打頭陣。

駱凡晨先開始，她帶來的是一封手寫信。我和尤旲文立刻就認出來，那是在 LIGHT HOUSE 工作坊，最後「潛意識書寫」環節，每個人都要寫的一封「給過去的信」。

「我第一次寫這種東西……」她有些不好意思地說，「平常都在寫企劃書。」

「很厲害。」尤旲文體貼道，「我一生中寫了幾千萬個字，就是沒寫過企劃書。」

駱凡晨笑了笑，拆開那封信，把皺褶攤平。

「我不知道該怎麼具體描述我的狀況……」她說，「想來想去，覺得直接念信，可能是效率最高的選擇。」

我們都對她點點頭，大家正襟危坐起來，就連 Ming 也收斂了逸懶慵倦的姿態，擺出一副認真聆聽的表情。

駱凡晨開始向我們朗讀那封信——

我坐在這裡，看著一旁的朋友們，個個振筆疾書，這才突然發現：我不知道該從何下筆。

我一向不擅長書寫自己的情感，甚至也一直弄不太清「自己」到底是什麼東西。

對我來說，「自己」就是由身分、形象、工作、婚戀、娛樂組成起來的一堆綑綁物。

而這些綑綁物裡，由我個人選擇，所堆砌而成的部分，似乎太少太少。

我沒有選擇，生為某人的女兒。

我跟隨父親的腳步，當上室內設計師。

我接受男友的追求，變成他的伴侶。

我以為我得到的是幸運——總有人為我安排、邀我共度，我得天獨厚、資源豐沛。

可是，從來不用自己費心思量，沒機會好好選擇的人生，真的是幸運嗎？

人生最重要的能力，是在十字路口，有辦法做選擇的能力吧？
對我來說，選擇卻是這麼的困難。
即便知道他的不忠，我還是想去愛他。
即便知道該揮別過去，我還是無法移動腳步。
為什麼我回不去往日，也還走不到明天？
大家都是怎麼做選擇的啊？
我不喜歡被卡在這裡。

她讀完後，將信重新摺起來，用一種「好吧，接下來該怎麼辦」的表情望著我們大家。

「我明白了。」尤昊文心領神會地說，「妳希望我們陪妳一起聊聊情緒，還是給妳一點實用建議？」

駱凡晨想了想：「實用建議吧。」她說，「情緒太複雜了。」

「找個猛男大幹一場。」Ming慵懶地揚起手來，「他劈妳也劈，刺激的性愛讓人逃離當下，這是不變的真理。」

「謝謝你，真有建設性。」湘白了他一眼。

「你們不是老說『所有意見都該被尊重』嗎？」Ming不甘示弱地反擊。

「謝謝你值得被尊重的寶貴建議。」尤昊文說，「我的建議跟Ming相反：不要逃離當下。妳可以找人大幹一場，但記得活在今日。」

「什麼意思？」駱凡晨眨了眨眼，是那種滿頭問號的眨法。

「妳說，妳回不去往日、走不到明天，被卡在這裡……」我喃喃對她道：「有時候，妳得接受自己被卡住，才能不再被卡住……」

「『抗拒』會跟一切困境，產生循環效應。」Lumis接口道：「愈抗拒，愈困頓，是一種鬼打牆，所以千萬別抗拒。」

駱凡晨用一種正在參觀動物園的表情望著我們。

「你們的日子總是過的這麼哲學嗎？」她說，一副難以置信的模樣。

「她的『你們』應該不包括我吧？」Ming說。

「有自知之明，」湘說，「是你唯一的優點。」

輪到湘的時候，她把那一疊相片從黑絨封套中拿出來，露出有點緊張的神色，遞給了我跟駱凡晨。

「妳們覺得怎麼樣？」她說，「站在設計師跟漫畫家的角度？」

我仔細翻看那些照片。影中人是湘和一位長髮如瀑的女孩。

那女孩穿著一件肉色網紗的連體衣，被豔紅麻繩層層綑綁，繩子穿行而過，在她身上裁切出菱形、圓形的花紋，她雙手置於背後，肩上斜斜披著一件繡金簍花的青墨斗篷，端坐在一張高台之上，側臉傲然抬起，猶如王座上的神靈。湘則一身黑色皮衣，臉上罩著面具，狼尾半扎，像騎士或侍從般，單膝跪在她的王座之下。

這些相片構圖很美，充滿意境，幽彩瑰麗的打光十分柔和，散在她們倆皮膚之上，猶如月暈，朦朧氤氳。

「這是我拍的第一套繩縛作品，」她說，「創作靈感是我的初戀。」

「很有衝擊力。」駱凡晨說，睜大雙眼，盯著那些相片細瞧，「我從沒看過這樣的東西……」

「我會接觸繩縛，是在升高一的暑假。」湘笑道，那笑容有點悲傷，「那一年，我失戀了，基測也考砸了，被禁足整整兩個月，那個夏天漫長而潮濕……」

那個夏天，她關在家裡，每天不是看動漫就是讀小說，然後在網上搜來搜去，成了幾個同人誌大佬的粉絲，後來又因為這些大佬的作品，首次發現世上居然有「繩縛」這種技藝。

「我像妳一樣，一開始先是驚訝。」湘望了望駱凡晨，「接著，慢慢變得好奇……最後，大概就在高一開學前夕，我確定自己喜歡這種東西。」

她說，她跟初戀在國二分班後，立刻成為好朋友。女校裡，有很多像她們一樣的組合——外表帥氣中性的女孩，配上長相秀氣嫵媚的女孩，許多組合後來成為戀人，湘便天真地以為，她和她也會是一樣的狀況。

「在女校，很多人都是 Bi-curious（雙性好奇）。」湘對我們說，她的指尖眷戀地滑過那些照片，「總之，我在基測倒數兩百天的時候，向她告白了。」

那甚至都算不上告白——就只是一個普通的週五，普通的晚餐時間，她們倆坐在麥當勞裡複習，初戀說：「真受不了，我爸媽每天威脅我，沒考好就要把我趕出家門。」而湘攬住她的肩，告訴她：「別擔心，天涯海角，我都跟妳在一起。」

「當下的我，根本沒察覺她笑容的僵滯或是身體的緊繃。」湘苦澀地笑道，「然後，我們像平常一樣搭上捷運，她叫我不用陪她走回家，於是我在車廂裡，對月台上的她說再見。」

週末過去，週一到來，早自習的時候，初戀在班上引起軒然大波——她拿著手機給大家看，說她跟隔壁學校籃球校隊的小帥哥交往了。大家都好羨慕，一票女生圍在她身邊，嘰嘰喳喳地喧鬧竊笑。湘站在教室後面，盡量讓自己維持一個友善的祝福表情。

在失戀的痛楚中，兩百天轉瞬即逝，初戀考得很好，跟籃球小帥哥一起上了第一志願。湘考砸了，爸媽大發雷霆，勒令她閉門思過。

「大學的時候，我爸媽發現我喜歡女生，又喜歡繩縛。」湘嘆了口氣，「我們大吵一架，我故意告訴他們，如果那個暑假我沒被禁足，說不定就不會愛上繩縛，把我爸氣得差點沒送醫。」

「現在他們接受了嗎？」我問，突然體會到：爸媽管太多，跟爸媽都不管，其實孩子都一樣辛苦。

「我成了舞蹈老師，開了自己的教室之後，我爸比較接受了。」湘搖了搖頭，「可是，這種接受有什麼意義呢？就好像他只是因為世俗的成就，而不得不對『女兒犯的錯』網開一面似的……」

「我能理解。」駱凡晨悵然道，輕輕拍著湘的手背：「我好像一直以來，也都只讓自己去做符合期待的事，極力避免父母眼中的錯事……我甚至沒好好思考過，有些錯事也許根本不是錯事！」

湘感謝地看著駱凡晨。

「小眾癖好很夢幻也很痛苦。」湘說，「我永遠不能像熱愛籃球的人那樣，堂而皇之地向剛認識的朋友說：我熱愛繩縛。」

「可是，妳跟我們說了呀！」我說，希望能讓她感受到一絲絲的寬慰。

她側過臉來，殷切而溫柔地望向我。

「而妳們能夠理解。」她眼中有搖曳的光芒，「我真的很高興。」

「她真的很需要一些女生的鼓勵。」Ming 打了個哈欠說：「我老是被罵臭直男思維，很難聊天，雞同鴨講——」

湘白了他一眼，並不回答他的話，只是好奇地看著我。

「那妳呢?妳的故事是什麼?」她問我。

×

那三張門票放在桌上,頁角微微泛黃。

十八年。那樣長的歲月,對於還未滿三十的人來說,幾乎就是一生。

回首童年,我總有種很奇怪的感覺——一種蒼白而難以消化的無力感。

「我需要大家的幫忙。」我說,「我想……在 LIGHT HOUSE 工作坊上,我見到了我的內在小孩。」

大家都望著我。尤昊文神情瞭然,Ming 靜靜聆聽,湘的目光專注,駱凡晨略帶詫異,Lumis 則充滿好奇。

「可是我聽不見她的聲音。」我嘆了口氣。

我的童年很寂寞——不是身邊沒有朋友、無人陪伴的寂寞,而是情感上的寂寞。

從小,我的爸媽就很忙,雙薪家庭,父母又各自都在三十幾歲的事業上升期，我放了學就去安親班，在那裡寫作業、參加團體活動，窩在角落畫圖，直到媽媽下班後來接我回家為止。

印象中，我總是安親班裡最後幾個被接回家的小孩。

我的家，早上充滿了倉促、睏倦、恍神的氛圍，晚上則瀰漫著疲勞、暴躁、疏遠的感覺。

我很少被家人罵，因為我們根本很少好好講話。就算到了週末，我爸媽也習慣兵分兩路。每當聽見學校同學興高采烈地分享家族旅行趣事，或者看見其樂融融的父母來接安親班朋友回家，我總是感到非常羨慕，同時也非常孤獨。

我的房間裡堆滿我畫的畫，我常常希望媽媽來檢查房間整理好了沒有的時候，可以順便翻一翻，然後用訝異溫柔的聲音問我：「這是妳畫的？這些畫裡有什麼故事？」

可是，一次都沒有。她翻了，她看見了，可是她一次都沒有問。

小學三年級那一年的隆冬，聖誕節前夕，在某一個毫無徵兆的週末，我爸媽突然說要帶我去天文館。

我也不知道這是怎麼回事，但是，他們那種福至心靈、溫言悅色、專注關心的狀態，讓我感到萬分高興！

我們一起去看了星空劇場，又玩陀螺儀。爸爸耐心替我講解牛頓第二定律，媽媽陪我畫太陽系模型的素描。我們去觀測室，用天文望遠鏡瞭望太陽黑子。

那天晚上，爸爸媽媽甚至坐在床邊，跟我說晚安。他們看著我畫的素描，摸了摸我的頭，對我說：「曦曦真有才華。」

那是我有記憶以來，第一次理解什麼叫「懷著幸福入睡」。

我以為嚮往已久的家庭生活就要來臨。

結果，兩週以後，他們簽字離婚，各奔東西。

媽媽火速搬離了家，沒過多久，便聽說她結識了一位洋人，兩人閃電再婚，高飛海外。

爸爸將爺爺奶奶從南部老家接了過來，美其名是「就近照顧老父母」，其實是「方便讓老父母照顧年幼的女兒」。我會這麼認為，是因為我爸後來根本三天兩頭不在家，每天早出晚歸，週末也有開不完的會。

他事業有成，爺爺奶奶很替他驕傲，對他的「工作忙碌說」照單全收，但我好幾次從他離家的神情中看出異樣。我不知道那具體是一種什麼感覺，可我就是知道，他絕對不是去工作，我也不知道他到底是去做什麼。

有很長一段時間，我都在想：要是早知道，我所嚮往的東西在短暫品嘗後就將永遠離開，那麼我寧願從來沒有嘗過幸福的滋味。

「這整件事情，最令我痛苦的地方。」我說，望著那三張門票，訝異於自己嗓音裡的疏離，「是透徹的明白：原來我的幸福，是拿他們的愧疚換來的。」

我垂下眼去，肋骨間泛起一陣胸悶瘀堵的難受。

一種想哭卻哭不出來的難受。

「這很好笑，是不是？」我苦澀地自嘲道，「其實也不是什麼大事……他們離婚後，依舊將我照顧的很好。我不愁吃穿、還能上才藝班，國中讀昂貴的私校，需要的東西都有人買……」

「聽起來是 CEN。」尤昊文謙和地說，眼神中有無盡的同理。

「什麼是 CEN？」駱凡晨好奇地問。

「童年期情感忽視。（Childhood emotional neglect）」尤昊文淡淡地陳述道：「家長沒有提供應予的情感支持。在面對孩子的情感需求時，這類家長通常鮮少回應、總是沒空，或者壓根就不曾留意。」

「是。」我說，「其實，我早就在心理諮商的時候，討論過這件事無數次……」

「可是，」我啞著嗓子難受道：「明知應該和解的難題，卻始終走不到和解的那一步……」

「有些事情，知易行難。」尤昊文說，語氣深沉而瞭然。

我點點頭，靜靜體會這種無奈。

我伸手揉了揉乾澀的眼角，餘光卻瞥見 Lumis 若有所思的神情。

他的視線對上了我，雙唇輕啟，彷彿欲言又止。

「妳值得一切幸福。」湘在這時開了口，她伸出手來牽住我，她說：「我總是在愛人身上感受到勇氣。當我從一個人身上感到幸福，也全心想為他帶來幸福時……那種勇氣最為堅定。」

她傾著身，瘦削潔白的肩膀微微顫動。

「妳身邊……」她凝視著我，眼裡充滿憐惜與真誠：「妳身邊也有那樣的人嗎？」

我望進她的眼中，在那種柔軟的愛憐裡，想起了 Eros。

9 EROS

我跟 Eros 相識於五個月前。

那是三月的第一個星期六，晚上九點——「桑果」APP 固定舉辦「九點輪盤」的日子。

那天稍早，我剛接完心理諮商所打來的電話，又收到了那封寫有塔位地址的簡訊。

我心亂如麻、苦澀晦暗，徘徊在舊日與明天的交界，像奈何橋上一隻孤獨的鬼。

我一個人在家生著悶氣，感到麻木、厭煩又絕望。我想做點什麼刺激的、瘋狂的、讓自己感覺活著的事情，同時卻又覺得那些事情都毫無意義。最後，我赤腳踏在沙發上，椅墊被我踩凹下去，如同荒漠的流沙。

我站在那裡，右手掀翻牆上月曆的薄紙，一頁、兩頁、三頁、四頁、五頁、六頁、七頁……十月底，那裡有一格小日期，被我用螢光筆圈了起來，又用淡藍色墨筆畫了一個圖樣——那是一朵小巧的彼岸花，開在一面復古手柄鏡裡，很簡單的幾筆線條，是那種流暢、隨意又直抒胸臆的塗鴉。

我試圖回想，當初畫下這個符號時，那種充滿希望的心情。

十月三十一號，我的心理療程本該圓滿結束的日子——我會踏出那間診療室，變成一個全新的人，揮別往日的痛苦，獲得搞定愛情、搞定自己、幸福快樂的能力——只是，現在看來一切都不可能了。

那天，我想過要把月曆丟掉，作為一種發洩怒火的替代。但是，我轉念又想：我的確需要這份月曆。畢竟，月曆上已經記錄了很多事情，比如交稿日、採買日、其他活動。如果要把這份月曆丟掉，我還得先去買一本新的，然後把代辦事項都謄抄過去……簡直還不如就讓它繼續掛在那裡。

就跟人生一樣。

我重重把手一甩，甩開那疊月曆紙，嘗試跳下沙發，結果在茶几旁崴了腳。

並不嚴重，但還是很痛。我坐在地上，覺得自己像一個白癡。

手機在這時「叮」一聲響了起來，通知我「九點輪盤」即將開始。

我想了一下，抄起手機，走回房間，換上外出服，戴好帽子。

在踏進大樓電梯的時候，我同步打開「桑果」，加入「九點輪盤」，準備一邊走去買宵夜、一邊將自己放逐於虛擬空間的配對。

這煩心的時代，至少還有這一個好處——當你萬念俱灰、厭煩透頂的時候，到處都有免洗筷似的，不用付出、負責、赴約的娛樂，供你打發絕望的時光。

「九點輪盤」的遊戲機制很簡單：點擊參加，你的大頭貼便會出現在紫色輪盤的內側。按下開始，輪盤便會旋轉。

「桑果」為這個遊戲做了極其細膩的動態特效——輪盤不僅旋轉，還會一邊轉一邊冒出紫色泡泡，這些泡泡全都是其他參與者的頭像，好像在說：芸芸眾生，皆是我們這偉大軟體的茫茫之海中，一顆又一顆寂寞水泡。

Eros 不是我第一輪配對到的對象。

大概是在半小時後，我拎著鹽酥雞跟多多綠，沿著那條大馬路，準備走回家的途中，我才遇上 Eros。

遇上 Eros 的時候，我已經提早結束了好幾輪配對，有些是我主動終止，有些是對方率先離場。但是，不管哪一種狀況，聊天內容幾乎都如出一轍的令人疲乏——「晚安」、「吃了嗎」、「在幹嘛」、「約？」、「我好無聊」、「妳可以接受聊色嗎？」、「妳知道把起司放進冷凍庫會得到什麼嗎？（答案是「冷芝士」（冷知識））」……

我明白大家都只是努力找話講，也能夠感覺到每個人身上，那種異曲同工的寂寞。

只是，夜色低垂，車聲呼嘯，在密集高樓與殘破老寓之中，這種如船過水無痕般、漫無目的的對談，好像把城市的生命化約成一種乏善可陳，一種將生命除以生命，得到毫無生命力的苟延殘喘的感覺。

我不想在這種苟延殘喘裡，悲慘地回到家，一個人吃我的鹽酥雞跟多多綠。於是，我放慢了腳步，一次又一次按下「開始配對」、又一次次按下「結束聊天」，心裡只有一個念頭：今夜，我非得找到一個讓我感覺充滿生命力的傢伙不可。

在我快要到家的時候，Eros 出現了。

我永遠記得，那一天晚上，他的開場白。

他說：今夜的台北，很適合獨自聽一首 Cigarette After Sex。

看見這則訊息時，我正拐過一個轉角，從大馬路回到靜謐的偏巷裡。一陣晚風吹過，我突然就覺得街燈與路樹都變得有美感了起來。

Eros是一個有美感的人。這是我對他的第一印象。

我問他：可是，你加入了九點輪盤。這代表你其實並不想獨自一人嗎？

他說：是的，妳很敏銳。

然後又說：今夜我只是一個傷心人。妳呢？妳現在是高興還是傷心？

我說：我好像只是厭煩透頂。不開心也不傷心。

復又好奇道：你為什麼傷心？

他說：因為，我不喜歡這個世界上，充斥著「不適合卻情投意合」，又或者反之亦然的事情。

我說：我懂。就像得到後必然失去、向上後必定下跌一樣，生活是場不可愛的玩笑。

他說：那我們可以一起把生活變得可愛一點。

就這樣，我們的故事開始了。

週六夜裡，不想獨自一人卻獨自一人的我與他，一起試著把生活變得可愛一點。

在「赤裸下午茶」結束之後，我想我真的體驗到了何謂「把生活變得可愛一點」。

×

親愛的情人。

今天，我和同樣將「追尋自我」視為人生目標的朋友們待在一起。互相聆聽彼此的故事、理解彼此的難題，這帶給我一種難以言喻、奇妙溫暖的體驗。

我也恍然發現——在我們的相處中，你一直傾聽大於傾訴，而我老是任性喋喋不休。

真是慚愧呢！

我也想將這種「為你而在的傾聽」帶給你！

你的心事、你的難關、你的成長……不知道你是不是願意分享的類型？

我知道，有些人，傾向於孤單地緊守自己的祕密。

走在這條嘗試「變得成熟」、「給予他人幸福」的路上，我發現自己正不斷地想像：有朝一日，我們倆終於見面的情境……那種感覺，好像是一種嶄新的蛻變！

這是你所說的「重新開始」的意思嗎？

「赤裸下午茶」結束的傍晚，夕陽餘暉灑滿家中，我坐在沙發上，寫完要給 Eros 的回信，跳下椅子，去幫駱凡晨收拾行李。

幾乎是在聚會落幕的同一刻，她就決定要搬回自己家去——那個有聶希源在的家。

她說：不管是要走還是要留，至少她都得坦誠地去面對、發飆、吵架、後悔，最後才能得出屬於自己的答案。

華燈初上的時分，聶希源開車來接她。

我送她下樓，她一看見聶希源就說：「今天不用去陪你的另一位使用者？」

聶希源抬眼看她，又匆匆地瞥了我一眼，臉上露出一種微帶尷尬、有點驚訝的模樣。

也許他習慣了從前那個圓滑靈巧、隱忍得體的駱凡晨。也許這個新的、不顧他人眼光、暢所欲言的駱凡晨，讓他突然驚覺有些東西碎過後，就注定不再相同。

「真希望你沒有一邊出軌，一邊叫我幫你求婚。」我看他急急忙忙下了車，替駱凡晨將行李放進後座，突然覺得看在十年友誼的分上，我還是得將這番話給說出口。

「抱歉。」他闔上後車門，訕訕地抓了抓腦袋：「我把事情處理得很差。」

「我回去，就是為了跟你一起好好處理。」駱凡晨說，拍拍聶希源的手臂。

「我……」聶希源躊躇道，但旋即被駱凡晨打斷。

「回家再說吧。」她嘆了口氣，逕自打開副駕的門，朝我伸出一隻手來。

「有什麼需要，隨時打給我。」我說，牽住她微涼的掌心。

「謝啦，真的。」她說，給了我一個柔和且無奈的笑容，「因為你們對我有信心，所以我對我的選擇也有信心，即便我還不知道，最終，我究竟會怎麼選。」

車裡看起來一切如舊，主駕和副駕的安全帶上，還繞著駱凡晨最喜歡的成對護套。後照鏡上，也仍然吊著兩人週年紀念日時一起去神社求來的御守。

「那，走囉？」聶希源打動排檔，小心翼翼地問駱凡晨。

「走吧。」她說，隔著窗框對我揮了揮手：「掰啦，曦曦。」

「掰啦。」聶希源也對我揚起了手，「謝謝妳這幾天照顧晨晨。」

我們三個人互相朝對方道別，就像大學時代，一場最日常的閒晃結束時，各自準備離去的光景。

只是，歲月在不知不覺中，把人與事，都搞得翻天覆地、物換星移。

俊朗的陽光好男孩，走著走著，成為了劈腿的糾結者。優秀的天之驕女，驀然回首，才發現生命雲裡霧裡，受困於象牙塔的荊棘。

而我與Eros，我與所有人……也都在這種物換星移中，逐漸被沖刷到一些不知名的、也許我們該去、也許我們不該去的地方……

×

那天夜裡，我正熄滅了燈，翻身上床，準備結束這美好的一天時，Eros送來了訊息。

親愛的情人。

妳對「見面」的美好期待，使我既動容又揪心。

然而，關於「見面」，我心中有一個巨大的祕密。

我想，我應該要先和妳坦白這個祕密。他說。

而我當時根本沒有預料到他說的「祕密」，會引發怎樣的後續效應。

什麼祕密？我問。舒服地窩在棉被裡。

Eros的回覆很快送到。

那是一顆震撼彈，把我給炸得七葷八素、暈頭轉向——

關於我們已經見過面的祕密。他說。

就在那場下午茶上。

我在現實生活中，收到邀請時幾乎不敢置信：原來妳竟是小蒼。

這件事使我懵然惶惑、不知所措。

親愛的情人，妳認為……我們接下來該怎麼辦呢？

×

我跟 Eros 會成為「情人」，幾乎可以說是一種「先性後愛」的關係。

但是，這種「先性後愛」，又不如傳統意義上那麼葷素不忌。

在遇上 Eros 之前，我常常會有一種感覺——彷彿情慾的世界，跟這世界的其他部分，其實並沒有什麼不同，都需要一定程度地裝聾作啞、裝瘋賣傻……或者說，賣乖弄巧、屈意奉承。

走進心理諮商所以後，我得知了一件事：我在情慾世界裡，早就被僵化成某種特定的樣子。這種僵化深入骨血、無聲無息，這種僵化跟環繞星球的資訊洪流融為一體，難以拆分，是那種也許會被很有見解的人物們形容為「個人即政治」的東西。

明明是「我」的情慾，我卻老是對其一知半解，像學藝不精的半吊子，長期處在一種觀賞與被觀賞的、既是即興又早早事先排練過的……微妙的半成品狀態。

我唯一可以確定的是：跟Eros的性愛，和其他人的都不一樣。在其他人的身體之下，我彷彿落入一片深海，讓一部分的自我滅頂淹沒，不復存在。

但是，跟Eros發生網路性愛的那一夜，卻讓我從某種溺斃狀態中升騰而起，被鼓勵重新回到舵手的位置。

那是一個屬於南部城市，乾爽、晴朗的滿月之夜。

我的飯店鄰近海港，樓高近四百公尺。房間在第五十七層樓，有一大扇霧濛濛、帶著藍灰色調的落地窗，透過玻璃望出去，筆直的街道彷彿無盡延伸，幾乎能一路走到海裡去。

出差的工作早早就結束了，我在房裡待到入夜，看著萬家燈火點亮，海上極黑之處，亦綴了漁船微光。突然之間，我就有一種感覺，好像星空被踩到了腳底，世界變得上下顛倒——在這種夜裡，似乎就連人的框架也能由內到外被顛覆過來。

晚安，Eros。

差旅一切安好。

這裡有一種慵懶閒逸的氛圍。

不像台北，令人窒息。

那時候，我跟 Eros 還沒成為「親愛的情人」——那是還要再過十二小時之後的事。

那時候，我們還只是認識近一個月的網友，習慣在寂寥的片刻，半遠不近地彼此陪伴。

我將訊息送出，懶倦地坐在窗台邊，喝著用飯店茶包沖泡而成的熱茶，聽著房間裡嘩啦啦迴盪著浴缸注水的聲音。

我泡進浴缸裡的時候，Eros 送來了回音。

晚安，小蒼。

所以，在這慵懶閒逸的深夜裡，妳打算做些什麼呢？

他說。

當時我正漂浮於攝氏三十九度的熱水裡，渾身赤裸。

這個問題……我說。

怎麼有種讓人浮想聯翩的錯覺？一邊發給他一個哈哈大笑的臉。

是因為「深夜」與「做」嗎？他也笑了。

有時，我覺得文字就像香味，能夠喚醒特定的感覺。

那天晚上之後的我，有很長一段時間，都在訝異文字能夠做到的事。身為一個漫畫家，文字在我的世界裡，是需要精簡再精簡、不斷提煉，直到一擊必中的東西。可是，其實我很享受寫「長台詞」。我的責編不止一次罵我：「寫這麼長，讀者早就滑走了！」

我常常想著回到過去——回到那個人們的耐心還沒被吸乾抽盡的時代。那個時代，隨便誰都可以寫很長的東西，也有人真的會看，像一場精心的交流，那對我來說很浪漫。

我跟 Eros 說我正在泡澡。

他說泡澡也有種讓人浮想聯翩的錯覺。

我說：是啊。

然後他問我：那麼，妳願意為我描述嗎？

我想透過妳的視角去看見妳。他說。

我從來沒有為人描述過我的身體，甚至我也不曾真正凝視過自己的身體。當然，在包裹著華衣美服、青絲細挽、妝胭輕掃的時候，任誰都會用那種滿意的眼光，欣賞鏡子裡的自己——可是，我指的是衣衫盡褪、鉛華洗畢、蒼白脆弱的時刻。在容貌焦慮的時代，每天都有販賣自信的人大喊「我們要不再焦慮」，卻沒有人願意說一說，他們在什麼時刻，學會坦然直視自己。

於是，我想了一想。

試圖用一種刻意情色的方式，像寫台詞一般，回覆 Eros——

我被潔白的泡沫環繞，它們漂浮在我的鎖骨、胸部……我說。

水下的我一絲不掛……

他卻打斷了我。

我不是想聽這些。他說。

我想聽妳「真正看見的東西」。

妳眼裡真正的自己。

是嗎？我說。有點不太確定。

那恐怕沒有半點撩人的地方。我坦白地告訴他。

為什麼？他問道。

我想了想，向下滑了一點，讓熱水淹過頸子。

因為我對自己的感覺並不好。我說。

兩百多公升的浴池，像一床隨波蕩漾的棉被，可以把人溺死。

誰說要對自己感覺很好，才足夠撩人？他又問，帶著　種坦然的探詢。

這的確是個好問題。

也許是我自己說的。我一邊思考這問題，一邊告訴他。

來自我對這社會的……某種學習、模仿，以及揣測。

他那裡頓了片刻，然後發來回音：

我覺得最坦誠的樣子，才是極致性感的起點。

他說。

而這就是那一夜開始變得顛倒浮沉的片刻。

我突然感受到一種勇氣，一種能夠認真向他形容我的身體的勇氣。

我開始為他描述：我那總是令人沮喪的頭髮、手臂上的疤痕、希望可以再瘦一點的腳踝、薄如蟬翼的腹部……

那些我看到的東西，透過我的主觀意識，去觀察到的、屬於我的客觀存在。

我有時候會想，也許鏡子的發明，是一種詛咒。

將我們永恆困在「猜測別人會怎麼看待我」的苦惱當中。

我凝視著水面下，這具不完美的身體，以及這具身體所要承載的、種種不合理的東西。

比如，此時此刻，那種窘迫的羞慚——這種羞慚毫無理由，像良心犯脖子上，繞滿倒刺的枷鎖。

我一向認為，情人的眼睛，才是最好的鏡子。Eros 卻這麼說。

在笑意、愛意、情意、善意之中，妳知道，妳看見了自己最好的樣子。

我盯著這句話，覺得這個男人和從前其他人都不一樣。

他身上有一種深刻細膩的東西——一種特殊的反差。

聽起來很浪漫。我說。

我也想把這種浪漫帶給妳。他說。

妳的身體是自然的恩賜，請用崇敬的態度愛護她。

我笑了出來。

我想，如果活在古代，Eros 大概是個很會寫情信的詩人。

是嗎？我該怎麼愛護她呢？我問道。

望進我的眼裡——在這裡，妳會看到，所有被妳認為不完美的地方，其實都美的令人屏息。

後來，有很長一段時間，我反覆思量——Eros 身上，這種特殊的反差，到底是什麼？

那是一種如侵略與克制、貪歡與柔情、水火與陰陽般……互相生剋、難分難解的東西。

那是一種完全陌生的東西。

像一朵花，如同那一夜，他的話語一般，蜿蜒地從螢幕上冒了出來，盛開在瑩白的微光中。

抓住我的手——他說。用它去觸碰妳身上，所有會使妳感到愉悅的地方……

告訴我……文字彷彿也有了聲音，一種窸窸窣窣、輕癢呢喃的低吟。

妳喜歡怎樣被觸碰？他問我。

而我看著那朵由他種下的陌生之花，發覺自己陷入一種空洞的茫然。

我……不知道。我說。

或許我知道，但我認為我應該要不知道。

那花在向我招手，迎風盛開，令我想起那些曾經在心理諮商室裡進行過的剖析。

我的性，似乎可以這樣形容……我喃喃道。

在溫柔的半強迫中，我逃避了羞恥。在服膺的示弱中，我得到安全感的錯覺。在被動的配合中，我迎合了體制的期望……

我說完後，才恍然驚覺，這大概不是人家想聽的回答。

抱歉，這答案是不是很解嗨？我嘆了口氣。

不會啊。Eros 卻立刻答道。

深度了解彼此的性與慾望，難道不是前戲的一環嗎？他說。

更深入的明白了對方，難道不是更讓人興奮嗎？

那朵陌生之花，逐漸溢出螢幕。

是嗎？我問。感覺那些花瓣，正在看不見的世界裡，盛放四散，落入池水。

是啊。他說。並且，在我身邊……

妳不要迎合任何體制，因為我也不是什麼體制內的人。

那些花，落入池水，碰到皮膚表面，在那裡長出一些不屬於我的、絕豔的東西。

那些東西，漸漸將那一夜、那個浴室、整個世界，都塗上一種瑰麗縱容的濾鏡。

那些被 Eros 喚醒的東西，就這樣，從我的腦子裡，一路向下流到身體，又經過身體，竄過血液，回到腦裡。

那你呢？我問他。

你喜歡怎樣被觸碰？

他發來一個意味深長的笑臉。

妳喜歡反客為主嗎？他問我。

不行嗎？我問。

可以。他說。我很喜歡。

我想，我應該也會喜歡。我說。

好。

如果妳喜歡，那就都依妳。

然後，他聽話地回答起我的問題。

我喜歡妳的雙臂，纏繞在我頸肩。他說。一字一句，慢慢將滾燙的池水變得更加滾燙。

喜歡妳將指尖，穿進我的髮梢。

捏著我的腰，在我身上游移。

喜歡妳的喘息，濡濕我的耳垂。

喜歡我的手掌被妳抓住，摩娑過所有會使妳發出嚶嚀的地帶……

喜歡緊緊相擁，在彼此的瞳孔中，找到自己的倒影。

喜歡我們一起被渴求淹沒，徹底暈眩迷離……

迷離。

事後回想，和Eros的網路性愛，大概就是這種感覺。

那天晚上，我變成了他，或者他從某種精神的維度，潛入了我的靈魂裡，讓我用一種前所未有的方式，孑然一身地進入自己。

第二天早上他問我：早安。妳都還好嗎？

我說：現在是不是該上演女方逼問男方「我們是什麼關係」的情節？

他發來一個哈哈大笑的貼圖。

妳希望我們成為情人嗎？他問我。

我想了想，開玩笑地說：情人聽起來，好像比「網路砲友」來得合理一點。

有道理。他答道：早安。親愛的情人。

×

親愛的情人，妳認為……我們接下來該怎麼辦呢？

我坐在床上，看著那句話，久久無法言語。

一直到我的眼睛開始因為在黑暗中過亮的螢幕而隱隱發痛的時候，我才終於回過神來。

你是不是該先告訴我，你是誰？我問他。

妳想知道嗎？他答。

我怎麼可能不想知道！我說。

那妳猜吧，猜中了我就承認。

這是三分之一的機率。我飛快地說：你要麼是 Lumis、要麼是尤旲文、要麼是 Ming。

是嗎？他說。那麼，妳希望我是誰呢？

10 母親的背叛者

我想，Eros絕對不會是Ming。

因為，Eros對待情慾的方式，跟Ming比起來，實在是差太多了。

那一天，在湘的家，Ming拿著那塊紅色的細鞋跟，對我們說：「我反正就是那種常見的亞洲媽寶男。」

他頂著一頭短寸髮型，手上包著半臂刺青，說出這樣的話，實在有點違和。

他說，「寶」這個字，總給人一種備受呵護、身在福中不知福、享盡好處的感覺。而這就是他的痛苦——他與母親永恆共生的關係。

我想，我永遠也不可能真正搞懂他的感受，因為我不可能成為一個母親的兒子，也還不是一個兒子的母親。我只能分析我所看見的事實。

Ming是一個極為陽剛的男子，他身上有那種會被男性認同、被女性青睞的特質，他有型、事業有成、富有藝術才華，講起話來帶著一點痞壞痞壞的玩世不恭。在大部分人眼裡，那會是一種自信的展現，一種居高位者的風流；不過，真正細膩的人也許能在這些表象之下，察覺到一絲卑怯不穩的陰暗，如吐信的蛇，在危機四伏的地方，曼然舒展，冷眼旁觀。

根據 Ming 的說法，他來自單親家庭，父親早逝。在他升上小六前的那個暑假，父親輸給了與癌抗戰的鬥爭，他媽為此哭腫了眼，整整三個月，把人都哭瘦了。那陣子他每天晚上回家，都得跟一個絕望如幽靈的媽媽同桌吃飯，飯變得很難吃，這讓他非常懷念從前一家三口，一邊吃一邊聊、有說有笑的時光。

國一的寒假，他媽交了新男友，那個叔叔開始三天兩頭就泡在他家，而他也因此變得不愛回家。他看得出來他媽不是真正的快樂，他媽跟那叔叔在一起時的模樣，跟從前和爸爸在一起時，實在差太多了。他覺得：如果連他這個國一的屁孩都看得出來，那他媽就沒道理看不出來。因此，他在心中做出一個結論——媽媽在裝傻，媽媽在騙人，騙她自己、騙那叔叔，也騙我。

這不是 Ming 第一次感覺被父母欺騙。

小學一年級的時候，他就已經解鎖了「撞見父親偷吃現場」的成就。他還記得，那個小三非常火辣（這當然是等 Ming 長大到開始萌發性慾之後才得出來的判斷），那個小三當時酥胸半露、身穿黑色蕾絲內衣，窄裙與絲襪包裹在腿上，又被淩亂的長髮給曖昧地遮掩。當時，他爸跟那女的在爸爸的書房，父親渾然忘我地埋頭於女方頸間的模樣，給 Ming 留下了極大的震撼。

他說，當時，他心想：爸爸大概是太投入了，所以沒有聽到他放學回家，打開鐵門的聲音。爸爸也許算錯了日子，以為兒子今天是全天班，而不是半天班。於是，Ming 拿起鑰匙，躡手躡腳地離開了家，在附近的書局看了一整個下午的漫畫。

他始終沒有把他所看見的事情告訴任何人，他既沒有跟爸爸說，也沒有跟媽媽說，那個畫面就這樣埋在他心裡，而從他事後的觀察來研判，他媽似乎一直到父親過世，都不知道有這檔子鳥事。

後來，等他再長大一點之後，大概就是媽媽開始跟叔叔交往，而他變得不愛回家的時候，他流連在街頭、夾娃娃機店、租借電影館，慢慢認識了一堆很酷的、玩音樂的青少年。他終於也談起了戀愛，並發現女生們好像對他的外型充滿痴迷。他第一次與人發生了性關係，在那個破爛的電影館小包廂裡，他完事後點起一根菸，望著螢幕發呆，腦袋裡一幕幕播放著小學一年級時看到的畫面。

國三時，媽媽跟那叔叔分手了，她好像突然從一場渾沌的夢中醒了過來，這才發現Ming這個人始終都存在似的。在Ming十五歲生日那一天，媽媽潸然淚下地抱著他，「媽媽對不起你。」她說，「我從現在開始會好好盡責，媽媽什麼都會為你做的。」

他過了一陣子才發現，原來那個垃圾人渣把媽媽一大部分的積蓄騙走了，那幾乎都是爸爸留下來的錢。於是媽媽換了工作，用高時數、高壓的環境，爭取更多的收入。他想幫忙，跟媽媽說他也要去打工，結果媽媽不讓，疾言厲色地叫他好好考上高中，再考一個好大學，「也就不枉費媽媽的辛苦了」。

他照做了，他考上第一志願，然後進入藝術大學。

上了大學之後，媽媽彷彿終於卸下一口重擔，對他的態度也鬆泛起來。媽媽開始會用三八兮兮的神情，跟他說交了女友要記得帶回家裡，這讓他有點不自在，不僅僅是因為他一點也不想把女友帶回家，更因為他自從上大學之後，就正式染上了慣性劈腿的陋習。

「這樣說也許很垃圾。」在湘家，那優雅漂亮的客廳裡，Ming低下頭，無可奈何地拍著自己的後腦勺，「但這是昊文幫我總結的，可不是我自己說的——」

「你不同意的話可以不用接受。」尤昊文睨了他一眼，謙和地表示。

「我接受。」Ming嘆了口氣：「我把女人分成兩類，像我媽那一類是好的、善良的、值得守護的。另一類是野性難馴的、縱慾的、拿來做壞事的。」

他說，還好有藝術，讓他跟尤昊文、湘成為了朋友。他們跟他解釋心理學、厭女與愛女、情慾的制約與複雜；他們逼他看《房思琪的初戀樂園》，以防他老了之後變成某種無可挽回的父權怪獸。

「我還沒辦法解決這件事。」他聳了聳肩。

他說，他媽也老了，該是時候換他照顧好他媽，畢竟他媽真的為他犧牲了很多。所以，他都盡量選會讓媽媽滿意的女生帶回家，但那些女生都走不長遠，他總是沒過多久，就又跟充滿誘惑的類型搞在一起。只是，在尤昊文跟湘的嚴肅勒令下，他現在學會從一開始就跟人家講清楚：「我有慣性劈腿的問題。」

聽了這句話之後，有些女生會露出大驚失色的表情，有些則很困惑，還有一些會莫名其妙地突然變得很溫柔。通常前面兩種會自己撤退，變得很溫柔那種則很容易受傷，所以後來 Ming 也學會主動跟這種變得很溫柔的女生保持距離。

他現在只跟聽到這句話，還能坦然表示「沒差，那玩玩就好」的女性發展關係，而這大幅減低了他傷害別人，或者自己傷害自己的可能性。

他知道自己心中有一種對母親的憐憫、對父親的憤怒、對幼時無辜受驚的無奈，還有一種認為「劈腿沒差，只要有本事不被發現」的傲慢信念。

「總之，這個鞋跟是我第一次劈腿的時候，那女生斷的。」他說他有戀足癖，他跟那女生當時其實只是約了要討論分組報告，他本來真的完全沒有想要跟她發生關係。

只是，當她走在他身邊，談笑風生、長髮輕舞的時候，她的鞋跟突然斷掉，而她彎下腰去，微微呻吟地撫住自己潔白細嫩的腳踝——那一瞬間，髮絲飄過大腿的瞬間，他突然就瘋了，突然就顧不得晚上還跟女友約了看電影，突然就被那種傲慢的信念給籠罩住全身。

「我只有面對湘的時候，覺得自己像個不危險的正常人。」他半是玩笑、半是認真地哈了一聲。

「他的意思是，」湘白了他一眼，「女同會覺得他是個智障渣男，異女會被他的性感魅力給迷惑，只有我把他當成一個普通的傻瓜。」

「抱歉。」駱凡晨說，「我們倆是異女，我們可沒被你的性感魅力所迷惑。」

「但我有可能被妳們的性感魅力所迷惑。」Ming 說，用手把眼睛給擋了起來。

我很佩服 Ming 能夠如此開誠布公地討論這件事。

但他不可能是 Eros，這一點我非常確定。

Eros 的情慾是體貼的、探索的、互為主客體的雙向了解。

Ming 的情慾是獸性的、征服的、將自己擺在永遠的主體之位，希望藉由入侵客體來服務自身議題的單向迴旋。

我很佩服 Ming 願意開誠布公地談這件事。

但是，他絕對不是 Eros。

Part II The Storm

11 贊安諾上的英雄

三個人當中，我最懷疑的人，是尤昊文。

於是，我約了他吃飯。美其名說是取材，但是，我想，如果他是Eros，在昨天深夜那場談話過後，他應該一眼就能察覺這場邀約背後的動機。

我們來到光復南路上的關東煮店，這種天氣吃關東煮，好像有點不合時宜，但餐廳是尤昊文選的，他說他的日子太冷了，需要一點溫暖。

店裡空調宜人，裝潢也很有人情味。我跟尤昊文點了菜，各自得到一碗撒滿蔥花的開胃湯，他捧著那碗湯的樣子，真的像一個很冷、亟需取暖的人。

「所以，發生了什麼嗎？」我問他。「在三十幾度的酷暑，你的日子為什麼那麼冷？」

他喝掉那碗湯，轉過頭來看著我：「妳還記得，我在下午茶上說的故事嗎？」

「我記得。」我說，那是一個跟小熊布偶有關，藥物與項圈的故事。

×

那一天，在湘的家，尤昊文指著茶盤內，他作為「暗夜物事」帶來的小熊布偶，告訴我們：「假如小熊布偶是我的本我……」他說，一邊伸手到口袋內，掏出另一個小到幾乎看不見的東西，「那這東西，就是我的超我。」

他打開手掌，給我們看掌心內的東西——那是一顆粉紅色、細長橢圓形的小藥丸，被裝在銀色小箔包之中。

「考大學那一年，我第一次踏進了身心科。」他收起藥丸，開始講述他的故事，「人人都以為是因為爺爺的死，讓我承受不住打擊……只有我自己知道，我真正走不出來的，是這一場從童年就開始的，傷筋動骨、無法了結的自縊。」

他說，他被爺爺帶大，他的童年充滿體罰，而在這一切之中，倒不是說媽媽沒有試圖盡責，而是，媽媽在爺爺面前，永遠只有俯首貼耳的分。

小時候，他很愛哭，根據尤媽的說法，尤昊文打出娘胎就是這個性：體貼、纖細、敏感——而這些東西，正好都是爺爺最討厭的特質。

爺爺討厭很多東西，包括尤昊文的小熊布偶。

每當尤昊文遭到爺爺的責難時，結局總是千篇一律：在大發雷霆的體罰後，語重心長的說教前，爺爺總會用破釜沉舟的氣勢，衝進尤昊文房間，抓出小熊布偶，然後以一種「朕心已決」的姿態，氣極敗壞地把布偶摔進垃圾桶裡。

一開始，尤昊文還覺得有點好玩，因為他知道媽媽會在半夜，偷偷去把小熊布偶撿出來，洗乾淨，塞回他的床邊。他知道媽媽知道爺爺也知道，一切都像一種心照不宣的默契，爺爺生氣，尤昊文承受，媽媽挽救，每個人各司其職，似乎也不壞。

直到小學五年級。

尤昊文甚至已經記不得，那一天他到底是犯了什麼錯，才讓爺爺那麼生氣，爺爺的怒點總是很難捉摸，彷彿一切不符合他心中優良男子氣概的行為，都能使他暴跳如雷。

總之，那一天，他被罰跪在祖宗靈前，整整五個小時，從天亮跪到天黑。然後，爺爺再度衝進房間，抓出小熊布偶，施以「扔進垃圾桶」之刑，接著開始說教。

爺爺說完教後，用一種疲倦的姿態叫尤昊文起來，他試圖站起，卻發現動不了，「砰」地一聲摔倒在地上，撞翻了祖宗的牌位。於是爺爺又開始發怒，媽媽從廚房跑了出來，他則開始大哭，他說他殘廢了，爺爺害他腿斷了。

在一陣兵荒馬亂之中，他被爺爺跟媽媽一左一右扛著肩膀，一路扛進急診室。醫師診斷完，說是腓神經壓迫，問題不大，穿復健裝置就能治好。

那天夜裡，媽媽摸黑走進他的房間，他以為媽媽是像以前一樣，把被救出的小熊布偶送了回來。然而，媽媽手裡空空如也，只是跪到他的床邊，用一種微帶哽咽的聲音開口。

媽媽說，爺爺很生氣，爺爺認為男孩子不能這麼脆弱，長大之後會沒有出息。

他問媽媽：「小熊呢？」媽媽說：「爺爺已經丟掉了。」旋即又說，「媽媽明天會偷偷去商場幫你買一隻新的……但是，這次你得把它藏在床底下，藏好，不要讓爺爺發現，知道嗎？」

他說：「知道。」可是感覺心底有一塊什麼東西永遠的爛掉了。

第二天，他去上學，同學問他腳怎麼了，他突然就想起爺爺說：男孩子不能這麼脆弱。於是，他想了想，告訴對方：「我跟人打架，我受傷了。」對方問他：「啊～你有打贏嗎？」尤昊文說：「當然。」

那天過後，他覺得自己明白了某些道理，這種道理不是一個十歲的孩子能夠說清楚的東西，但足夠使他做出一些違背本性的選擇，比如說：任憑媽媽買回來的新小熊，永遠躺在床底；又比如：開始嘗試做出會讓爺爺滿意的行為。

他終究找到了跟爺爺好好相處的辦法。

到了國三升高中的時候，爺爺已經徹底被他收服，甚至會喜孜孜地對鄰居誇耀自家孫子。因為尤昊文的轉變，爺爺與媽媽的關係也改善許多。偶爾，一家子坐在客廳，當尤昊文陪著爺爺看新聞、望著媽媽削水果，聽著兩老有一搭沒一搭、氣氛溫和的閒談時，他會覺得自己的努力是值得的。

高三，報考大學的壓力與爺爺的過世一同到來。

他說，他永遠記得那個清晨，他起床後正在洗臉刷牙的當下，聽到媽媽驚慌失措的呼聲。他衝出浴室，循聲來到爺爺房裡。那裡有一個跪在床邊嚎啕大哭的媽媽，以及一個躺在床上、四肢早已僵冷的爺爺。

爺爺走得很安詳，但爺爺的屍體卻像一顆原子彈，驟然引爆在尤昊文的心裡。

他說，那一瞬間，他看見自我在某種抽象的層面，無可挽回地被炸成一攤廢墟。

而這廢墟之中，混合了兩種不同的瓦礫——一種來自於他很早以前就已經打爛的東西；另一種來自於他不惜打爛前一種，也要建立起來的東西。只是現在，兩種都碎了。

一個月之後，他因為夜不安寐的長期噩夢，在媽媽陪同之下，走進身心科。

他跟醫師說，他跟爺爺很親近。醫師自然而然為他下了推論：親近長輩過世，年輕人受到打擊，加上升學壓力，誘發睡眠障礙，很正常，你要節哀。

他覺得這樣挺方便的，讓世人抱持著這種誤解，總好過於要去跟人解釋，那堆殘垣碎瓦底下，難以言喻的爛汙東西。

而且，他得到了一張通往贊安諾的處方籤！這個小小的、粉紅色橢圓型的藥丸，簡直讓他像中世紀的純樸農戶，驟然看見現代醫學的奇蹟。

在長達數年的日子裡，他每夜得以安睡、日間能夠應對，都是因為知道：鎮定劑就在唾手可及之處。

靠著在血液裡流淌的贊安諾，他考上大學、順利畢業、繼續深造、成為作家、小有成就……然後慢慢發現，他與鎮定劑之間漸漸形成一種相互共生、繞頸制約的關係。而等他意識到這一點的時候，已經來不及了。

「我後來驚覺，這是一種偽裝成淨土的凌遲。」他說，伸手摸了摸那隻小熊布偶。

一切都很矛盾：他靠著鎮定劑才有辦法書寫情緒，又靠著書寫情緒，幫助到很多讀者與粉絲。每當這些粉絲發來訊息，衷心地表示傾慕與感激時，他會重新回到第一次服下贊安諾的那一天，衷心地認同這場奇蹟。

然而，當夜深人靜，當他細細咀嚼自己的文字，並深刻的領悟到：他一直在寫的東西，只是一種試圖臨摹情緒的海市蜃樓時，他會陷入痛苦不堪的焦躁與絕望，然後，又因為這種狀態而必須趕緊服藥。

「我從一個在床底下藏著小熊布偶的小孩，成為了一個在神壇上供著鎮定劑的大人。」他說，嘆了口氣。「鎮定劑成了我頸上的一道項圈，而這道項圈，又跟其他『符合期待的成年男性特質』混合在一起，深深融合，嵌進血肉。」

他說，最好笑的地方，就是他明知這一切，卻又只能受制於現狀。

他不能隨便停藥，也不能脫離符合期待的成年社會。

他只能被拴著頸鍊，繼續向前，留心著所有可能，等待會不會有破繭重生的一天。

×

「最近，我遇到了一個人，一個給我一種『小熊布偶』感的人。」尤昊文將湯碗放上櫃檯，老闆很快地又替他斟滿。

「什麼人？」我嚇了一跳，趕緊問他。

「一個很特別的人。」他說，「可是，我不能去接近這個人。」

「為什麼？」我望著他的臉，想仔細觀察他的表情。

「是啊，為什麼呢？」他卻垂著視線，鏡框下的眼睛被睫毛遮住，什麼也看不見，只能聽到他似乎有點悲傷的聲音，悠悠地響起：「就是因為不知道為什麼，所以日子特別冷吧……」

「那……」我躊躇了幾秒，試探地開口道：「你打算跟那個人，維持怎樣的關係呢？」

他沒有回答，彷彿是在深思，靜靜看著湯裡，載浮載沉的蔥花。

最後，他說：「僅存於想像層面，不落入現實的關係吧。」

我聽了這話，凝視著他的側臉，和他一起陷入沉默。

我的思緒很亂，我不斷心想，他這番話的意思，聽起來好像是在承認，他就是Eros，同時卻又在暗示，他並不想將這段關係，帶到現實生活中？

我一頭霧水，又滿心猜疑，一時間拿不定主意，不知道接下去到底該怎麼辦。

結果，還是尤昊文先抬起了頭。

他轉向我，用那種他一貫的溫煦態度，對我說：「不說我了，妳呢？」

「咦？」我被這個轉變搞得有點迷糊，只好問他：「我怎麼樣？」

「妳不是說要取材嗎？」他笑道，那表情真誠坦然，看不出一絲一毫破綻。

我的腦袋頓時卡殼。

「喔，對，取材。」我說，「我是要取材沒錯。」

這下子輪到我垂下眼，沉默，喝湯，心裡想著到底該生出哪些問題，來圓這個取材的謊才好。

12 演員

回到家之後，我既頭疼又疲累。

我幾乎是倒頭就睡，一直睡到日上三竿，我起床後，才重新拿定主意。

我認為，不管如何，就算Eros……尤昊文……只想要維持網路關係，我們也該好好討論，將彼此的決定給說清楚。

而假如，在現實生活中，他感到侷促、無法坦誠的話，那我就應該在網路上，他能夠坦誠的地方，直接去問他。

親愛的情人。於是，我拿起手機，輸入訊息。

你是否不想與我相認？

沒過多久，他就回覆了我。

對不起，他說。是我的自我懷疑。

我生怕我若不是妳希望的對象，這段關係就終將崩毀。

我看著這句話，狐疑地瞇起了眼。

如果他是尤昊文的話，好像不應該說出這種話？

難道他根本就不是尤昊文？

既不是尤昊文，也不是Ming的話，難道是Lumis？

然而，這不可能啊？

我的頭又開始痛了。我回覆他——

我想看到的就只是真正的你。

我不知道我還能希望他是誰。

×

那天下午，Lumis 打來電話。

「妳晚一點有空嗎？」隔著電話，他這樣問我，我從他的輕快口吻中，聽出比平常還要多一點的興奮與期待。

「呃。」我頓了頓，告訴他：「有空。」

「太好了。」他說，聲音聽起來很開心，「那我晚點去找妳，大概七點多？」

「怎麼這麼突然？」我問他，覺得這一切都說不通。

「因為上次的下午茶。」他答得很流利：「我有個想法，一直想找妳聊一聊。」

「是嗎？」我說，「什麼想法？」

「通過電話可以聊的話，我就不會去找妳啦！」他笑了起來，那笑聲爽朗又愜意。

「好吧。」我回答他，「晚上七點見。」

×

我從來不認為 Lumis 會是 Eros。

主要的原因，是他個人特質太強，我總覺得，如果他真是 Eros 的話，我應該早就會察覺了才對。

比如說，那一天在湘家，Lumis 所說的故事。

他的「暗夜物品」是一枚古董指北針，不過四分之一個手掌大，十分精巧的翻蓋式設計，玻璃罩子下，一朵細緻準確的羅盤玫瑰，完美地刻印在金屬板面上，盤身微微鏽蝕，帶了一種蒸汽時代的神祕感。

「收到邀請之後，我很認真地想了一下。」他說，「後來覺得，這個指北針應該最能代表我的『暗夜』。」

不用他解釋，我就認出了這個東西：這是一個道具，來自那部幫他贏得大獎的電影。

那部電影我們都看過，是一部魔幻風格、運用大量情緒寫實主義手法的藝術片，而 Lumis 出演男配角——一位孤寂、苦澀、陰暗、殘缺的惡人。

「對我來說，暗夜與白晝，更像是一種循環。」他說，執起那枚指北針，按下一個隱藏的開關，讓羅盤上的指針飛快旋轉起來，就跟在電影裡一模一樣。「而我之所以會產生這個領悟，就是因為這部戲。」

這部電影很暗黑，也有點獵奇。

而他當時還算年輕，大約二十七歲，那是K死後的第二年。為了演活這個角色，他做了大量的準備工作，包括研讀原著、學習現代舞、觀看大量瘋狂暴力的作品，以及把自己關在房間，直到內心深處最陰暗的東西，全部被激發出來為止。

把這些被激發出來的東西，徹底使用在表演上，沒有多大困難。真正困難的地方，是在拍攝結束之後，試圖將這些東西重新收斂回去。

「殺青後大概半年吧……情況都有點棘手。」他說，帶著有點好笑的表情，「朋友說我對人的態度變了，當時的女友也說，我的眼神讓她感到害怕。」

最後，為了不嚇到別人，他決定一個人去旅行。因為，只有獨自一人的時候，他才能自由地品味那種陰暗，並好好觀察這種陰暗。

他會在哥德店流連，蹲在公園觀察死掉的昆蟲屍體，用指甲在頸脖上輕刮、想像那是銳利的鋼絲吻過咽喉……

他享受著這種陰暗念頭，同時又因為這份享受，而感到有點焦燥——這種焦躁在朋友想找他出去玩、女友問他什麼時候回來，以及經紀人敦促他早點開工的時候，會變得更加明顯，彷彿太過享受是一種危險，一種再也回不去往昔的危險。

但是陰暗收不住。

「聽起來可能會很可怕。」他說，琥珀色瞳孔裡閃爍著微光，柔和到像個天使：「但我當時確實幻想過身邊每一個人的死亡，包括我自己的。」

他說，他一邊害怕著這種陰暗，一邊又忍不住著迷。

直到電影後製完成，準備上映前夕，經紀人打給他，跟他說宣傳期要開始了，他得回來開會。他才突然感受到一陣巨大的恐慌。

他覺得自己還沒準備好，他沒辦法帶著這種既怕又痴的陰暗，回到充滿容易被嚇到的人的世界。

可是沒有辦法，他一定得回去工作。

於是，隨著回台北的班機，一天天倒數，他也變得愈來愈煩躁。

然後，就在最後一晚，他漫步於倫敦街頭的時候，偶然聽見一句話。

「那其實是一句滿好笑的話。」

「當李爾王在台上為他女兒死去活來時，別忘了，戲服下的伊恩麥克連可正嗨著呢！」

那一瞬間，他就領悟了。

「**人生如戲，而我非我。**」他說，「我只是這場生命之戲中，一個扮演演員的角色。而現在，我這個演員，卻在戲中戲裡，被戲中戲內的感情，給迷惑的方寸大亂……」

「這簡直太好笑了，不是嗎？」他望著我們，眉眼半瞇成彎月型。

那天晚上，他睡了一場極深沉、極放鬆的好覺，第二天一早，雲淡風輕地去搭飛機。

這種輕鬆與平淡，都來自於同一件事：他徹底接受了明暗共生，而人只是散步在明暗與情緒光譜之上的事實。

這個領悟，就像世上所有事物一樣，都伴隨著一體兩面的好壞。

好處是，他注定過上一種輕快愜意、深入淺出的人生。

壞處是，他注定無法與很多很多人——張揚、鮮活、混沌的人，產生交集。

他知道自己是少數，**散步的人是少數**。

「所以，這枚指北針，」他說，「不僅代表了暗夜，也代表與暗夜相隨的領悟，還有那種領悟之下，生命本身所蘊含的……一種無可奈何、少數者的徬徨。」

Lumis 對我來說，像一幅活生生的藝術品。

那種藝術的能量，那麼強，不應該是僅憑網路面紗，就能夠遮掩、隱藏的東西……

然而，在 Lumis 掛上電話後沒多久，我便收到了 Eros 的訊息。

×

親愛的情人，妳願意和我見面嗎？他說。

但我必須先告訴妳……這對我們彼此來說，都會是一場嚴肅的「重新開始」。

13 我不會離開；一起散步吧

晚上七點整，Lumis 打來電話。

「我到妳家樓下了，下來吧！」他說，嗓音裡帶了夏夜晚風的熱切。

我在下樓的過程中，著實感到一陣無比混亂的緊張。

很多念頭，自腦海裡飛馳而過——合理的念頭、不合理的念頭、瘋狂的念頭、荒誕不經的念頭——比如說，我確實跟 Eros 說過，那一場密室逃脫的大致地點，有沒有可能，這就是 Lumis 出現在那裡的原因？又比如，看星星的那一夜，我對 Eros 說了寂寞之後，Lumis 的電話便剛好打來，會不會那一切根本就不是巧合，而是一種一人分飾兩角的詭異遊戲？

出電梯的時候，我告訴自己深呼吸，畢竟現在除了走一步算一步，也沒有其他辦法了。

我走出去，穿過社區大門，進入夜色中。

Lumis 靠在那台越野車邊上，笑著對我揮手，又晃了晃手中的塑膠袋，裡頭裝了一打仙女棒。

「我們去河邊，一邊玩這個，一邊聊吧！」

他望著我，笑得無比燦爛。

×

那是一個神奇的夜晚。

那天晚上我突然想通很多事情。

那種感覺就像是——我被浸泡在一種無解的困惑裡，然後突然發現：人這一生唯一能做的，只有聽從每一個當下，內心深處的真實聲音。

哪怕變故會在碰撞中發生，那也都是無悔而必然的事。

盛夏的夜色深沉。

Lumis 說，他會來找我，是因為下午茶之後，他想了很久，反覆衡量，最後決定還是應該要把內心深處的想法告訴我。

「我明白這是妳的課題。」他說，手裡握著點燃的煙火，照亮我們彼此的臉龐，「不過，我有個點子，或許會有幫助。」

「什麼點子？」我問他。

「下午茶上，妳說，妳在冥想時看見了受傷的內在小孩，卻聽不見她的聲音……」Lumis站在河岸邊，水光蕩漾在我們面前。

他側過頭來望著我，燦金火光在他琥珀色的雙眼中傾瀉。

「我只是在想，如果我們反其道而行呢？」他說。

「什麼意思？」我狐疑地蹙起了眉。

「聽不見，不代表我們不能主動對她說話。」

他說，這個點子來自他在藝校時，參與過的演技訓練——兩個人，五分鐘，選定一句台詞，並在時限內，只靠這句台詞，將這場戲的情緒從A點推到B點。

「不過，我們的練習不需要後半部分。」他解釋道：「我們只需要讓被台詞催生的情緒，自然帶著走就好……」

「要選什麼台詞才能有這種效果？」我難以想像地問道。

「嗯，這個嘛……」Lumis轉過身來，認真地問我：「假如，可以回到妳十歲那年，對那個傷痕累累的小孩，說一句能夠拯救她的話語，妳會想說什麼？」

煙火在手中熄滅。

黑暗輕輕湧來。

我會想說什麼？

十歲……我彷彿還能看見自己，拿著剛剛畫好的圖，等待父母回來，滿心期盼要跟他們分享。最終，卻只等來深夜餐桌上，爸媽神色疲倦的一句：「我們離婚了，可是我們會一直愛妳。」

那好像就是我無法相信承諾的起點。

也是我害怕被拋棄的起點。

同時，更是我那充滿黑暗的寂寞的起點。

「我……」我突然覺得身體變得很重。肩膀、胸口、頸子，那是一種很想大叫的沉重。

在朦朧的夜色中，Lumis 牽起我的手。

他沒有說話，他的手很涼，帶著一種輕飄飄的低溫。

「我想對她說……」我喉頭哽咽，垂下雙眼：「『我不會離開』。」
「我不會離開？」我聽見Lumis的聲音，沉緩溫暖，用徵求同意的語氣，像一個邀請。
「對。」我說，不自覺地握緊他的手：「我不會……離開。」
「好。」他說，「現在我們一直重複這句台詞，看看能不能和那個小孩展開對話。」
他彎下腰來，深深望進我的眼中。
「我不會離開。」他的唇畔帶著微笑。
「我……不會離開。」我不太確定地複述，思緒漫天飄搖。
「我不會離開。」他認真地說，專注而熱切，似乎在許下承諾。
那種許諾的語氣，幾乎是立刻，就讓我全身一陣難受。
無力的憤怒感，一路從胃部升起，穿越胸口，浮上喉頭。
「我……」我試圖開口，卻說不出話。
我輕咳了一聲，在喉管與胸口間，體驗到一種彷彿吞了秤砣的異物感。
這種感覺並不陌生，在父母離婚後，長達數月的夜裡，我總是反覆做著有關他們背影的噩夢——在夢中，我在他們身後苦苦追尋，我呼喊、拜託他們停下來，央求他們回頭理理我，可是他們無動於衷。

而每當夢醒，疲憊黏膩、心力交瘁地望著貼了螢光星星片的天花板時，我總會感受到這種從喉頭滑過胸口的異物感——明明那裡什麼都沒有。只是，千頭萬緒，如鯁在喉。

「我想，我打從心底相信，所有人都會離開。」我輕輕地說，聲音微弱到幾乎無法被聽見。

「所以妳也離開了妳自己。」Lumis 伸出手來，將我擁入懷中。

我聽見他的心跳，他身上有雪松的味道。

「我也……離開了我自己？」河面上，燈影搖曳朦朧。

而我的聲音，充滿迷糊與震驚。

Lumis 的心跳聲，與回憶裡的嗓音交織在一起。

那是心理師的嗓音，她說：我們在成長過程中，無意識地內化了父母。我們用與父母相同的態度，對待我們自己——

那個內在小孩，她的悲傷，除了來自童年，還來自往後十八年，不斷自我虐待的內化。

「我……不是聽不見。」我喘著氣，喉頭的酸澀達到了頂峰，「我是故意不聽……」

「可是妳早就準備好去聽了。」Lumis說，「妳已經對她許下承諾，妳說妳不會離開。」

「我不會離開。」我閉上眼，終於透徹感受到這句話背後的真實與分量。就在那一刻，淚水像一陣大浪般，沖過我的身體，我用雙手掩住面孔，嚎啕大哭起來。

「我不會離開，我不會離開，我不會離開……」我聽見自己嗚咽著喃喃自語。

心理師的嗓音還在耳邊徘徊。

她說：**沒有好好長大的孩子，要在成人之後，重新陪自己，再長大一遍。**

在Lumis的懷抱，與心理師的聲音裡，我穿越了情緒，回到往昔，抵達童年的原爆點。

然後，在那裡，把未曾流淚的哭泣、不曾咆哮的憤怒、無法訴說的委屈，統統從灰塵滿布的心底挖掘出來，用淚水重新洗淨。

×

夜色漸漸濃烈起來，我哭了許久、許久，而這期間，Lumis什麼都沒說，就只是安然地陪伴著，和我一起待在原地。最後，我在一種鬆泛、空幽的平靜之中，漸漸止住淚水。

我感覺和三十分鐘前的自己，已然判若兩人。

就好像一棟房子，一塊積鬱成疾的角落，終於被打掃乾淨，煥然一新。人們又可以重新在這裡跳舞、歡笑，甚至窗外也有藍天白雲的風景。

在一個人面前，坦率地做回孩子，這是我從沒有過的經驗。

在自己面前，接受這個做回孩子的自己，是我從來不敢想像的畫面。

我用袖口抹掉眼淚，在氤氳的水霧中抬起臉來望著Lumis。

「感覺怎麼樣？」他掛著溫柔的微笑，專注地問我。

「身體很輕。」我說，「心裡、腦裡也很輕。」

「那就好。」他笑了笑，拍拍我的背，從我身上退開。

「那你呢？」雪松的氣息隨著距離而減淡，我幾乎是脫口而出：「能觸及你心靈深處的台詞，是什麼？」

Lumis 似乎有一瞬的驚訝，衝我眨了眨眼睛：「妳想知道？」

「當然。」我說，戳了戳他，「我很好奇。」

「別戳啦，怕癢。」他摀住腰間，嘻嘻一笑，閃了過去，「既然妳問了，那我就好好想一想吧——」他仰起頭來，望向天邊的月牙。

街燈與月色，為這個動作描上了光，在他的髮梢、頸畔、領口，點亮一種令人屏息的璀璨。

半晌過後，他「啊」了一聲，側過身，眼波流轉。

「我想到了。」他對我說。

「是什麼？」我問。

「一起散步吧。」他說。

「一起散步吧？」我複述道，咀嚼著這句話。

「嗯。」他點點頭，低下頭來看著我，目光很深很亮：「一起散步吧。」

他的語氣中彷彿帶著期盼，某種殷切卻坦然的期盼。
我想搞懂那種期盼，我問他：「散步到底是一種怎樣的狀態？」
「嗯……」他想了想，自在地說：「一種理解了無數沉重，最後欣然放下，選擇輕裝上陣的狀態吧！」
「放下……」我琢磨著這番話，想起曾經聽過的言語，「是最終極的追求。」
「是呢。」他說，「生命的浪潮很重，所以要在每一次浪花襲來時，及時理解，及時放下。」
他的雙手插在口袋，一邊肩膀微微弓起，他側過臉，望向河畔對岸，某個遙遠的、也許並不存在的東西。
我望著他的側顏，感覺心裡有兩種矛盾的聲音。
一種在說，這種美好、深刻、充滿信任的感覺，熟悉地就像是Eros。
另一種在說，可是這一切都不合理，這不可能。
最後，這兩種聲音合在一起，對我說：妳如果一直追求合理，就會把整個生命都錯過了。

「你聽起來像是在許願。」我聽見自己開了口，語氣中帶著前所未有的篤定。

「許願？」他轉回雙眸，望向我。

「獨自翱遊，同時，期待有人一同飛翔的願望……」我喃喃地說。接著，連我自己都不知道為什麼，似乎就是一種當下的直覺——我抓起他的手，將他的手掌扶於手心，四隻手緊緊貼合在一起。

「一起散步吧。」我說，閉上眼睛，向這個宇宙，誠心替 Lumis 許願。

那一瞬間，我體驗到一種前所未有的簡單——

似乎，人與人之間的相處，都只需要這一種無盡、無求、不帶投射與創傷的溫柔。

在這種溫柔裡，愛得以回歸——愛就只是一種簡單、深邃又寧靜的狀態。

良久之後，我重新睜開雙眼，發現 Lumis 正怔怔地凝視著我。

他的目光搖曳，雙唇輕啟，額前的碎髮被夜風吹過眉心。

他的眼裡有我的倒影，他反手握住我的指尖，力度很輕、卻很堅定。

他的手指穿過我的手，觸上我的臉頰，他的鼻尖碰著我的鼻尖。

他在那裡暫停了一秒。

「可以嗎？」他問我。

我們向彼此傾去。

世上的一切就此消失，只剩心跳、呼吸，還有膚溫點燃膚溫的顫慄——

這是一個輕巧、靈動的吻。

這裡沒有明天，也沒有昨日的割裂，就只有當下，一分一秒，不斷敲擊心靈。

他的食指扣在我的耳垂，我的右掌放在他的胸前，他吻我，我也吻他，喘息從我們的唇齒間流瀉，一路蔓延，填滿了深夜……

14 親愛的陌生人

第二天清晨，我迷迷糊糊地睜開眼睛，率先看見 Lumis 熟睡的臉龐。他的半邊臉頰埋在棉被中，雙手輕輕扶著枕頭，像一個做著好夢、毫無防備的孩子。

窗外的天空，布滿高聳的雲。

我側過身，準備窩進 Lumis 懷中，卻聽見手機震動的聲音。

我輕輕旋過身，將身體支稜起來，探頭去看亮起的螢幕——

「桑果」有兩則新訊息。

朦朧的倦意被炸離身體。

我抱著棉被坐了起來，滑開螢幕。

我呆呆地看著 Eros 剛剛發來的話語，幾乎無法思考——

那麼，請告訴我，妳有空的時間。Eros 說。

我會安排見面，並鼓起勇氣，站在妳面前。

Lumis在我身後發出朦朧的咕噥。

我回頭，望著他的睡顏。

突然之間，我覺得那種篤定的美好，那種深刻、充滿信任的感覺，全都消失了。

只剩下一股深深的恐慌。

×

我打電話給駱凡晨的時候，街上的車聲幾乎令人難以忍受。

這城市的早晨，擁擠、吵雜、萬分困惑。

駱凡晨說她在一家咖啡廳，正準備和湘碰面，湘的舞蹈教室要重新裝潢，請她來協助設計。

我說我急需幫助，她說那妳趕快過來，反正大家都認識。

我到了咖啡廳的時候，湘已經在那裡了，她穿一襲黑襯衫、配黑色牛仔褲，跟駱凡晨的米白雪紡無袖、駝色鉛筆裙形成強烈對比。

我窩到那個靠窗沙發座位上，抱著膝蓋蜷縮成一團，對她們說：「妳們先談正事，不用顧慮我。」

湘眉心微簇，嚴肅地對我說：「妳神色看起來好糟，先解決妳的事吧。」

於是，我把所有事情一五一十地都告訴了她們。

從我跟Eros如何相遇、如何成為情人、一路互相陪伴，我又是如何決定要好好解決自身的問題，盡力做到真正去愛，以及下午茶之後，Eros如何告訴我那個祕密，我又是如何去抽絲剝繭，結果卻發現情況根本難以理解……

「等等，我不懂欸。」駱凡晨聽完之後，十分困惑地放下吃蛋糕的小叉子，一頭霧水地問我：「所以他到底是誰？」

「我要是知道的話，」我說，「現在還在這裡幹麼？」

「好吧，也是。」駱凡晨按著太陽穴，每當她壓力很大的時候，就會做這個動作：「可是，這聽起來，根本就是那個人的問題吧？他說你們見過，那幹麼不好好把話說清楚？」她突然倒抽一口氣，驚恐地問我：「曦曦，妳確定他真的不是在整妳嗎？這年頭，網路上怪人很多的，他有沒有叫妳投資什麼海外賭場——」

「妳說的那是情感詐騙吧！」我哭笑不得地哀嚎起來。

「重點是——」湘說，她優雅地端著熱咖啡，面色凝重、認真專注地望著我：「妳喜歡的是Lumis吧？那網路情人到底是誰，根本就不重要了，不是嗎？」

我感覺胃裡像有什麼東西揪緊了起來。

「可是……」我垂下頭去，用下巴抵著膝蓋，囁嚅地說：「我喜歡的，真的是Lumis嗎？」

「什麼意思？」駱凡晨說，「妳不是才說，跟Lumis在一起的時候，感覺很自然、很美好，可以互相看懂對方，簡直不可思議嗎？」

「對……」我說，感覺非常糟糕，「但那會不會是因為……我以為他是Eros……而產生的錯覺呢？」

「我認為妳應該忘掉Eros。」湘說。

「我同意。」駱凡晨立刻接口，「講真的……誰也不知道這個人到底想幹麼，網路交友很危險的，說不定那傢伙從頭到尾都在說謊，他根本就不是這三個人當中的任何一人，只是想拿妳尋開心罷了！」

我搖頭：「我認為 Eros 不會對我說謊。」我說，連自己都訝異於語氣中的果決。

「……」湘嘆了口氣，瞇起眼睛質疑我：「妳怎麼就這麼確定，妳能夠信任他呢？」

「我相信我們曾經有過的東西。」我執拗地說。

「那 Lumis 怎麼辦？」駱凡晨現在雙手都在揉著太陽穴，「為什麼每個人的感情都這麼複雜？為什麼生活總是這麼多麻煩？為什麼男人老是不肯在一開始就把話講清楚？」她由衷地抱怨道。

「問題是，妳打算怎麼辦？」湘拍拍駱凡晨的肩，轉頭問我。

「我不知道啊……」我幾乎想哭，「在我以為 Lumis 是 Eros 的時候，我是那麼坦然地相信，就算我愛上他，他也絕對不會傷害我……可是，現在我不確定了……」

湘抱住了我。

「我懂。」她說，「這種害怕受到傷害的心情，我真的懂。」

她的懷抱很溫暖，帶著木質調的花香，那是一個細膩、穩重，同時卻又脆弱、憂傷的懷抱。

「我覺得妳得向 Eros 坦白。」駱凡晨說，「妳得讓他知道，這件事真的讓妳很困擾，他不可以這個樣子。」

「我贊成。」湘說，她撫了撫我的背，嗓音微微暗啞，「妳得告訴他。」

×

從咖啡廳回到家裡的時候，我的手機響了起來，Lumis 打來電話，我沒有接。

隨後，Eros 在「桑果」上傳來訊息。

親愛的情人。

沒有收到妳的回音，使我十分掛心。

妳都還好嗎？他說。

我不好。我說。

我們好好談談吧。

都依妳。他回覆的很快。

妳想談什麼？

你在騙我嗎？我問道。

我們是不是根本沒有見過，這是不是一場無聊的網路惡作劇？

否則，這一切都說不通。

窗框將夕陽裁剪成塊，零零落落地四散在客廳地板的角落。

螢幕上，三顆象徵「輸入中」的氣泡，緩慢捲動。

他似乎字斟句酌。良久之後才終於送來回音。

小蒼，請妳相信……他說。

我不會對妳說謊，也從來沒有說過任何一句謊話。

我不願做任何會傷害妳的事情。

可是，現在看來，我的選擇，似乎還是讓妳感到了痛苦。

我窩在沙發上，肩膀聳起，抱著雙腿，將自己緊縮成一顆球。

既然你沒有在騙我。我對他說。

那就請你告訴我真相。

對不起，我不能。他說。斷然拒絕了我。

我知道自己做了錯誤的決定，可能也正在繼續做錯誤的決定。

他的氣泡持續滾動，訊息一句一句，如雪片般湧現。

小蒼，謝謝妳。

謝謝這段時間的陪伴，以及所有一切。

妳應該跟能坦率去愛妳的人在一起。

所以，我們到此為止，結束關係吧。

Part III

The Self

我終將超越心碎，因為這顆心，

是我親手拾回碎片、重新熔鑄而成。

愛從我們相擁之地長出，

像一株生根茁壯的植物。

15 未解之題

我再度處在一個頭尾相連、新舊重疊的迷幻時刻。

Eros 走了。

他封鎖了我們的「桑果」聊天室。

頭也不回、毫不留戀，丟下我，離開了。

有好幾天，我像具行屍走肉一般，無法思考，難以成眠，心裡只有一種恐懼、脆弱的徬徨。

為什麼？我走了那麼遠的路，看見了創傷，陪伴了自我，破除了慣性，卻還是走到一個「被拋棄」的結局？

我又重新變回渺小、寂寞、受傷的自己——那個我無比費力、遠遠逃離的自己。

「逃離……」我躺在床上，脊椎和肩膀都痠痛不已，我把臉埋在棉被裡，茫然地自言自語。

逃離——也許這就是問題。

當我遠遠逃離，我就賦予了它支配我的權力。

如果我不逃呢？

如果我接受這一切，接受心碎，接受傷害，容許「拋棄」的存在，那又會怎樣？

這個念頭，帶來一種朦朧的覺悟與清晰。

「我不逃。」我說，掀開棉被，坐起身來。

我不確定下一步要做什麼，但我知道——有很多事情我可以做。

×

第二天的傍晚，我打電話給 Lumis。

電話一接通，就聽見他關切而真誠的嗓音。

「妳怎麼就走了？」他問我，「發生什麼事了嗎？」

「的確發生了一些事……」我說，「聽起來可能會很離譜，但我想，我應該要坦誠告訴你。」

「我去找妳。」他很快地答道，「我明天清晨要下南邊，拍一個半月的戲。」

×

Lumis 帶來了果汁跟小點心。

「路上正好經過，就買了。」他笑道，是那種不管聽見什麼，都能自在應對的笑。

我們在餐桌邊坐下，我拿了兩個餐盤，將麻糬跟一些花生粉撥到他的盤子裡。

「我想先問問你……」我說，「你對我的感覺……是什麼？」

他本來正用竹籤戳起一顆麻糬，聽了我的話，默默將那顆麻糬放下。

「為什麼這麼問？」他望向我，眼裡有出乎意料的好奇。

「因為我想搞清楚，我對你的感覺是什麼。」我答道，我聽起來很困惑。

「我的答案，會影響妳的感覺嗎？」他問。

「我不知道。」我嘆了口氣，「以前的話，會影響。現在的話，我盡力讓它不要影響。」

「妳是不是又在嘗試跟自己講道理了？」他瞇起眼，用揶揄的調皮表情看著我。

「我現在要煩惱的事情很多！」我「呀」了一聲，煩悶地瞅著他：「道理不道理的，先暫時不要去管它——」

「好。」他笑了起來，似乎很愉快，「我覺得妳是一個有趣的人，有著嚮往散步的靈魂，坦率哭泣的樣子很動人，努力前進的執著很迷人。」

他答得乾脆，那種簡潔明瞭、坦蕩直接，卻讓我有些不知所措。

「我說完了。」他用指尖托著腮，問我：「妳呢？妳對我的感覺又是什麼？」

「我不知道。」我說，「這就是我要說的離譜的事。」

「說吧，我在聽。」他和顏悅色地答道，琥珀色的眸子專注又寧靜，「不用擔心離譜，畢竟，愈離譜的東西，通常也是愈真實的人性。」

將這件事情告訴Lumis，出乎意料地簡單。

我想，總有那麼一些人，和他們溝通起來，毫不費力。甚至，你能表達的更順滑、更坦然，完全不用擔心會被誤解、會冒犯、會詞不達意。

我全部說完之後，Lumis用一種若有所思、內斂含蓄的表情望著我。

「妳不知道他是誰？」他語帶保留地問道。

「我不知道。」我誠實地說。

「妳原本以為他是我。」他說，不是問句。

「對。」

「妳假設我們相處時，那種自在、美好的感覺，是因為我們已經在網路上聊了大半年。」他邏輯清晰地說：「但是，知道了情況並非如此之後，那種自在、美好的感覺，現在有改變嗎？」

「沒有。」我答道。是真心話。

「所以，我們之間讓妳感到煩惱的地方，到底是什麼？」

他戳起那顆麻糬，張嘴將它吞進口中，鼓著一邊臉頰，悠哉地咀嚼著。

我看著他那種自在的表情，突然就覺得答案好像也無比簡單，好像就是那麼回事，其實說穿了也只需要一句話。

「是我還沒克服的『被拋棄』的創傷。」

他聽完，理解地點了點頭。

「妳害怕全然投入感情，擔心信任錯人，」他說，是那種探詢的語氣：「我們認識不深，讓妳覺得有些危險，是嗎？」

我點點頭，感到如釋重負。

「是我的投射。」我說，「對不起。」

「為什麼要道歉？」他側著頭。

「因為……給你造成了麻煩吧？」我皺起眉。

「每個人的創傷都很辛苦。」他說，挪動椅子，沉著肩，坐到我身邊，抬眼直視著我：「和妳在一起很開心，聽妳分享妳的穿越風暴之路，也很開心。我一點都不覺得麻煩。」

「理性的我，會覺得這樣就夠了，你已經足夠溫柔，我也已經足夠坦白。」我望著他，感覺內心被拆成兩半，一半自在，一半糾結。我對他說：「感性的我，卻覺得這終將是只屬於初見的美好。時光會帶走夢幻，結局又會是一地破碎的分離。」

「因為妳還沒克服創傷嘛。」他淡淡地笑了，伸手摸了摸我的頭，「我向妳保證——不管我們想要的東西會不會重合，不論最後走到哪裡，我們之間這種敞開、真摯的對話，永遠不會結束。」

很久之後，我始終認為，那大概是我這輩子聽過最動人的承諾。

我永遠也不會忘記，在那個當下，我怔怔地望著他，然後像個傻瓜般開口——

「世界上怎麼會有你這種人？」我聽見自己既困惑又不可思議的語氣。

而Lumis哈哈大笑起來，笑得眉目舒展、容顏斑斕。

「妳以前都遇到些什麼人啊？」他笑了好久，終於停下來，半是無奈地反問我。

「倒不如說……我以前到底是個什麼人吧。」我自嘲道，嘆了口氣。

「但妳已經是現在的妳了。」他說，伸手拉住我的手，用額頭靠著我的額頭，「妳說出了妳想說的話，看清了想看清的課題……這感覺很好，不是嗎？」

他掌心的溫度很和煦，前額相觸的感受很平靜。

「是你帶我窺見了颱風眼。」我說，嗓音很輕很輕，幾乎像說著祕密，

「我正在試著去學會……靠自己掌握穿越風暴的能力。」

16 馴服戀愛腦

我的風暴，並不複雜。

它似乎就是被拋棄的恐懼、受忽視的委屈，不明白「愛究竟是什麼」的惶惑之心，全部加在一起，接著，催化了戀愛腦的誕生。

十歲那一年，聖誕節過後，除夕來臨前。

我爸媽離婚的那一天，也是他們唯一一次對我說「愛」。

十八年過去，我卻依舊記得那一夜的情景，就像昨日一樣清晰。

那天，媽媽很早來安親班接我，回家路上，我們甚至還去買了冰淇淋。

「想吃什麼口味，自己挑。」媽媽說，聲音裡有某種與平常不同的感情。

我挑了香草，又留戀著藍莓，最後，媽媽說兩個都買，我好雀躍。

回到家之後，我慢慢吃著冰淇淋，媽媽去洗衣服，她把一個褐色大信封放在餐桌上，沒過多久，爸爸回家了，他拎著公事包，手臂下也夾著一個一模一樣的大信封。

那個晚上，餐廳沒有開燈，只有廚房慘白的日光燈，斜斜地照在桌面上。媽媽洗完了衣服，我的冰淇淋還沒有吃完，爸爸拉開椅子，坐到我旁邊，對我說：「女兒，我跟妳媽有一件事要告訴妳。」

「什麼事？」我手裡握著湯匙，抬起臉來。

我的腳碰不到地，在椅子旁如浮萍般晃蕩。

他們互相看了一眼，印象中，我從沒見過他們用這種心照不宣的眼神望向彼此。

媽媽說：「我們離婚了，可是我們會一直愛妳。」

愛？

我記得那天晚上，我再也吃不下任何一口冰淇淋。

我只是怔怔地望著碗裡的殘羹發呆，不斷在想：我得到的那種東西，那是愛嗎？

「我們永遠都是妳的爸媽。」他們說。

然而，一年之內，媽媽就跟別人結了婚，成了另一個小孩的媽媽。

爸爸則是將爺爺奶奶從南部接了過來，住進他跟媽媽以前的房間，他讓自己的父母代替他，成為他小孩的父母，承擔他本該肩負的責任。

在爺爺奶奶的照顧之下，唯二的好處，就是：放學後我不再需要去安親班，並且，爸爸開始給我金額翻倍的零用錢。

我想，他大概把這當作某種「精神撫慰金」。好像他自己也知道，喪父式的教養模式並不好，但與其改變，他更寧可花錢消災。

我拿著這些錢，走進了巷口的租書店，也走進漫畫的書頁。

然後，在那裡，我找到前所未有、情感滿足的美好世界。

故事世界跟我的現實世界，彷彿是兩個平行時空——現實世界裡，爺爺老是在看股市，奶奶老是在拜拜，爸爸老是不在家，只要我乖乖窩在房間，根本沒人關心我在裡頭幹些什麼。

故事世界就不同了！在故事世界裡，熱血澎湃的夢想會得到呼應、情不自禁的淚水不會被漏接、戀慕之心能夠得到拉扯的轟烈，屬於青春的偉大冒險，永不落幕，永不停歇。

豐盛的故事世界，成了我蕭瑟現實的一種填補。

一如在成年後的歲月裡，那些乍看夢幻的感情，也成了我荒蕪內心的填補一般。

有些精神上的癮症，早在懵懂無知的光陰，就生根發芽，靜待茁壯。

如果戀愛腦是我所豢養的毛茸茸猛獸，那麼，牠必然就誕生於那段時間——那段所有人都離開了，所有關係都被斬斷，所有角色統統碎裂，唯有故事世界，向我證明我所引頸期盼的東西——那種好像會被稱為愛的東西——仍然有可能存在的歲月。

在那段歲月裡，這頭小獸被餵養，在無聲無息中默默長大。

這頭小獸搞不清楚：愛究竟是什麼？

父母之間，那種冷漠疏遠、疲倦勉強的東西，那是愛嗎？

父母對我，那種偶然憐惜、長期忽視的關係，那是愛嗎？

故事裡，男主角對女主角，那種不顧一切、要生要死的爆烈，那是愛嗎？

甚至，男主角與男主角之間，那種侵犯逗弄、欲拒還迎的情色，那是愛嗎？

國一的時候，爺爺奶奶決定要搬回鄉下。他們說我長大了，可以照顧自己了。

他們這些年來對我的照顧，那種相敬如賓、秋毫不犯的相處，那是愛嗎？當時，我認為那不是愛，那是家人的責任。真要說愛的話，那他們愛的也只是我爸爸。而我爸爸愛的是誰呢？顯然不再是我媽，可能也不再是我。

國二寒假，爸爸再婚了。

那個阿姨很客氣。我們吃過幾次飯，每次她都會對我噓寒問暖，但我感覺得出來，她不是真心的，那是社交辭令，她一點也不關心我，但她關心我爸爸，所以她將禮數做得很周到。她甚至還跟我爸爸說：「孩子還小，現在就同居不好，我們要替孩子著想。」

爸爸每次提起這件事，我都覺得他在責怪我，彷彿就是我的年紀，阻礙了他的幸福。

大家似乎都知道自己的幸福要去哪裡追尋。

爺爺奶奶有他們閒雲野鶴的鄉村人生，爸爸有他的新女友，媽媽有她的新家庭。

可是，我呢？

國二之後，大約是因為爸爸也有了新對象，媽媽便開始邀請我去國外度暑假。

我會跟他們的新生兒還有他們的狗一起，待在他們家的大後院裡，吃她丈夫烤的肉，看著她的新兒子、新狗，嬉嬉鬧鬧地在游泳池裡撲騰。

我看著媽媽，媽媽則看著她的新丈夫、新兒子跟新狗，她臉上堆滿笑容——是那種整個臉龐都隨之洋溢起光芒的笑容。那種笑容，與其說我從來沒看過，倒不如說我從來沒有想過，這是媽媽臉上能夠出現的表情。

媽媽看起來很快樂。那個外國叔叔看起來也很快樂。他們的兒子跟狗也很快樂。

為什麼每個與我有關的人，他們後來獲得的快樂與幸福，都與我無關呢？

我記得我坐在地球另一端的豔陽下，聽著陌生的語言，心中無限酸澀。

當時我想：等我長大了，我要談戀愛，談像漫畫裡一樣轟轟烈烈、至死不渝的戀愛。

那樣一來，就代表，終於會有一個人與我的幸福有關吧？

有了戀人，就代表，我也擁有了「只屬於我」的瑰寶吧？

有了戀人的話，我的情緒就會有人願意承接，心碎時也不用再獨自承受吧？

懷揣著這些偏頗認知，我升上高中，終於加入情竇初開的少年少女們那一場場追求與被追求、暗戀與告白的活動之中。

每一次為誰傾心，對我來說，都是一場期待獲得拯救的幻夢。

在那永不停歇、永不落幕的幻夢裡，我一次次摔跤，一次次遍體鱗傷。一次次爬到救贖的天堂，又一次次滾落曲終人散的谷底。

直到二十五歲，我突然驚覺，自己已經滿目瘡痍，面目全非。

縱然心一直跳著，我卻異常害怕心動。

因為，一旦心動就代表：粉身碎骨的輪迴即將重啟。

在不知不覺中，那頭戀愛腦的猛獸已經長得太大、太大，猶如深淵裡的巨龍，憑我一己之力，早已無力回天。

在心理諮商的過程中，我曾在心理師的要求之下，畫過這頭猛獸。

我將牠畫成中西並茂、獠牙蛇尾的模樣。

心理師問我：「妳覺得牠是妳生命中的什麼角色？」

我說：「我覺得牠是綁架者。牠綁架我的理智，左右了我的判斷。」

心理師卻搖了搖頭，對我說：「想聽聽我怎麼看嗎？」

我告訴她：「我每天付兩千塊，不就是為了來聽聽妳怎麼看的嗎？」

心理師笑了，她說：「我覺得，牠是妳所有困惑、傷痛與懵懂的化合物。」

「牠在妳無法為自己做決定的日子裡，帶妳去冒險，帶妳去碰撞，帶妳去受傷。」

「我做過這麼多決定，但我還是無法為自己做決定？」當時，我不滿地提出質疑。

心理師說：「因為過往創傷而只能選擇『戰』或『逃』的情況，算是做決定嗎？」

「所以，牠帶我去戰？」我皺起眉，重新低頭望著紙上那隻龍。

「是的，妳是一個勇敢的人。或者說，牠是一隻勇敢的龍。」心理師笑道，「在我看來，妳們是旅伴啊——牠帶妳勇闖，妳為牠療傷，妳永遠不可能丟棄牠，牠也永遠不會離開妳。」

「可是，我想要擺脫牠啊。」我說。

「為什麼呢？」心理師問我：「養了一隻龍，不是滿厲害的嗎？」

「那也要這隻龍聽我話才行啊！」我懊惱地表示。

「這不就是我們正在做的事嗎？」她溫言悅色地說：「理解這隻龍，理解妳自己，然後，將這段關係形塑成妳真正想要的樣子。」

我真正想要的樣子——是什麼樣子呢？

我想，是終有一天，聽見這隻龍對我說：曾經殺死妳的心碎，沒有殺死我。而當妳強大到足以駕馭我的時候，這些心碎就再也殺不死妳。

很多人不斷從我的生命中離開，爸爸、媽媽、爺爺、奶奶、戀人、心理師、Eros……

但是，我終究會走到一個不畏失去的地方。

在這裡，我不再需要將童年的創傷，複製、黏貼到每一段親密關係之上。

散步的人總是輕裝上陣。

戰鬥的人才會披盔戴甲。

我會將決定權充分還給自己——我可以不戰，不逃，不畏心動，不懼行動。

我終將超越心碎，因為這顆心，是我親手拾回碎片、重新熔鑄而成。

17 追尋

我決定繼續給 Eros 寫信，不論他會不會看，不論他會不會回，不論他做何感想。

這個決定似乎沒什麼道理，又有點一廂情願，但是，它讓我感覺很好。

它讓我感覺充滿力量——那是一種全新的、問心無愧的力量，一種強大到能夠去直面失落與被拋棄感的力量。

一種用心與直覺的聲音，去引領腦中畏懼的、更純粹、坦率的力量。

×

親愛的 Eros。

你曾經向我說過愛珂的神話。

你說你就像祂，注定只能做一抹永恆的回聲，當一道離不開洞窟的影子。

你說：「瘋子就是重複做同樣的事，還期待會出現不同的結果。」
而我知道，如果面對你的離開，我選擇再次別過頭去，心碎地舔舐傷口，
那我必然會成為這個瘋子。
我想要不同的結果，我想要告訴你：我珍惜這段關係，並認為它值得更完
整的結局。
所以我要做不同的事情。
所以我要繼續寫信給你。
不論你是誰，不論你為什麼躲藏，不論你為什麼離開。
我要不斷讓你知道：
如果有一天，你決定走出那個洞窟，我會在洞窟之外，等待你。

×

親愛的 Eros。
九月來了，天氣卻還沒有轉涼。

回顧曾經，你為我做了許多事情。

而我卻連等待你做好準備，都做不到。

我最近有一種很奇妙的感覺，彷彿我從一開始就落入了某種自我設限的怪圈。

當你說你見過我的時候，我只想著要把你找出來，我彷彿忘了與我建立關係的，是文字上、網路上、精神性、心靈貼近的你。

我用邏輯去猜疑，然後傷害了人，也害慘自己。

你曾經說，你想透過我的視角，看見我。

我卻來不及，用你的視角，去看見你。

×

親愛的 Eros。

秋風漸漸吹起。

你曾說，你做了錯誤的決定。

我想，我也做了錯誤的決定。
我很後悔。
然而，就像我必須坦白訴說這種後悔一般，
我也必須接受，你已經選擇離開。
我唯一能做的，只有好好把想說的話說完，
然後，接受你做的任何決定。
我很想念你。
不是想念那些本該發生卻沒有發生的事情，也不是想念有人陪伴的曾經。
就僅僅只是想念……有一個人，美好、深刻、驚豔。

×

燠熱的暑氣逐漸從這城市的空氣中淡去。
在連續好幾日的陰雨之後，天頂終於露出碧空如洗的湛藍。
時光彷彿就那樣流走，轉眼之間，我的月曆又撕掉一張。

離那個被畫上特殊符號的日子，又更靠近了一些。

其實，坦率擁抱心痛的時光並不那麼難熬，有時在夢中，我會覺得自己坐在那個曾經灰塵漫布，後來又在河畔被我用淚水洗淨的房間裡，懷中倚著十歲時的自己。

這樣的夢給我一種愛的感覺。

那是一種不用去猜、無庸置疑的愛。

我愛著這個孩子，我永遠不會離開。

我憐惜、理解、擁抱她的全部傷痛，我原諒、接納、認可她所做的一切行為。

而她回擁著我，為我走過的漫漫長路感到驕傲。

愛從我們相擁之地長出，像一株生根茁壯的植物。

在這樣的潛意識花園中，現實世界的一切也似乎變得滋養——駱凡晨時常打電話來關心，我們在嘻嘻哈哈間感受到彼此的寧靜陪伴。

Lumis 會在有空時發來南方的豔陽，或者大馬路上慵懶的土狗照，我們會交換生活裡有趣的片刻，偶爾也談論我療癒心碎的旅程。

尤昊文總是在深夜時段，到下午茶群組裡分享他的緩慢停藥心得。

Ming會做一些即興的惡搞小曲，為好兄弟打氣。

湘最近比較少發言，她說私生活有點事，但群組話題聊到熱絡時，她還是會加入談話。

十月初的時候，Lumis回來了。

他沒有曬黑，因為經紀人每天照三餐提醒他塗防曬。

Lumis在一個風光明媚的下午來找我，他說要帶我去一個地方。

18 易碎品

Lumis帶我去吃了韓式燒烤，尤昊文跟Ming也在。

「抱歉，我們本來是想約在安靜一點的地方。」尤昊文見了我，百般無奈地開口：「但Ming剛錄完曲子，他說他很餓，堅決要吃燒烤。」

「要談這種悲慘的事，熱鬧一點的地方，不是比較好嗎？」Ming一邊翻著菜單，一邊理直氣壯地說。

「到底是什麼事？」我不解地問，望著這三個男人。

「有關Eros的真實身分的事。」Lumis答道。

我嚇得差點沒把剛喝進嘴裡的水給吐出來。

「我們沒有一個人是Eros，這妳早就知道了。」尤昊文說。

「那麼……他果然是在說謊？」我難受道。

「妳相信Eros沒有說謊。」Lumis接口，「我們也相信Eros沒有說謊。」

「什麼意思？」我困惑地問。

「唉。」Ming重重嘆了口氣，大手一揮，將菜單闔上：「他沒有說謊，所以，他在下午茶那天，確實見過妳。而且，他也不是我們三人當中任何一個——答案還不夠明顯？」

我一定是露出了非常愚蠢又恍然大悟的表情。

因為Ming翻了個白眼，對我說：「不要這樣張著嘴，看起來很呆，妳這蠢蛋。」

「你好像沒資格罵人家蠢蛋。」尤昊文平靜地表示。

「我是替湘罵的。」Ming說，「那傢伙有夠慘，很可憐好嗎？」

「是……湘？」我喃喃地說，腦中轟然作響。

Eros的行為、說過的話，湘的故事，還有那一天在咖啡店，她說她懂害怕受傷的心情時，擁抱我的感覺……所有畫面在我眼前高速重疊，一切邏輯都連貫起來。

「我的天。」我像被人狠狠捶了腦袋一拳，一時有些暈頭轉向，「我……我感覺好糟。」我扶著額頭，「她……當她說害怕自己不是我所希望的對象時，我不僅沒有聽懂……還把事情愈弄愈糟……」

「湘也不好。」尤昊文說，「她一開始就該把話講清楚的。」

「她的問題就是這樣。看得太清，又活得太怕，根本是個易碎品。」

「可是，如果我們不談狹義的戀人之愛呢？」Lumis說，望向我：「在我聽起來，夢曦是想去愛她的，或許是以某種更廣義的方式。」

Ming淡淡道，「她知道夢曦不會在現實世界中愛上她，所以就糾結了。」

「湘只想要戀人之愛吧？」Ming打了個哈欠。

「這聽起來是她們倆該單獨聊聊的問題。」尤昊文謙和地說。

「你跟你那位特別的男性友人，才應該單獨聊聊吧。」Ming懶洋洋地說。

「啊！」我恍悟過來，看著尤昊文，「我們見面那天，你說你認識了一個特別的人……」

「是。」尤昊文笑了笑，「我們遇到了很類似的難題呢，夢曦。」

「難嗎？」Ming扭了扭脖子：「解法不是很簡單嗎？」

「什麼解法？」我感興趣地問。

「妳跟湘睡一次。」他說：「有沒有感覺，能不能繼續，不就很清楚了嗎？」

「我想事情並沒有那麼單純。」尤昊文客觀道：「不是每個人都像你一樣，靠肉體判斷感情中的一切。」

「不過，慾望確實是戀人之愛的基石。」Lumis說，垂下眼來看著我：「重要的是，妳怎麼想？」

「我……」我靜下心來認真思考這個問題，卻發現答案早就已經呼之欲出。「我想知道有什麼是我能為湘做的。」我說，看著Lumis，又望向Ming：「我想去見她，讓她知道我很認真，也想去珍惜。」

「但妳得明白，」Ming說：「湘是一定會受傷的。」

「你的意思是……我不該這麼做？」我侷促地問。

「不，妳想怎麼做，是妳的自由。」Ming聳了聳肩。

「他的意思是：妳得明白，不論妳的出發點多麼良善，湘畢竟還是一個會因期望落空而深受打擊的個體。」尤昊文淡淡道。

「我能明白。」我說，語氣非常堅定，「我經歷過。」

從餐廳離開的時候，尤昊文和Ming對我揮了揮手，讓我不要太自責，盡力去做我認為該做的事就好。他們說，就算湘的天塌下來了，也還有他們倆頂著。

我上了Lumis的車。

Lumis側過身來問我：「妳都還好嗎？感覺如何？」

「複雜。」我蹙眉道，「我有點愧疚，又有點害怕會再次傷到湘，但這種害怕有點微妙……好像參雜了一種投射——我把對心中那個受傷小孩的感情，投射在了這個情況之上。」

「投射，有時候也許未必是壞事呢。」Lumis說，「妳覺得呢？」

「如果我覺察到了投射，並與它好好共存……」我沉思道，「說不定也是一種很有幫助的狀態吧！」

我望向他，發現他正用一種欣賞而動容的眼光望著我。

「幹麼？」我說。

「沒什麼。」他笑道，「只是覺得人在颱風眼裡的樣子，很美。」

Part III The Self

19 回聲

親愛的小蒼。
我讀了妳的訊息，它們使我流淚。
我聽 Ming 和昊文說了……關於妳仍舊想與我見面的事。
如果妳願意的話，就請來找我吧。
這一次我不會再躲藏。
不論是以 Eros 的身分，還是以湘的身分。

×

再次踏進湘的家，我才發現自己之前是多麼的盲目。
她的書架上擱著林靖子的畫集、赫曼．赫塞的《流浪者之歌》，各種希臘神話的版本。她的餐桌上擺著剛出爐的麵包，而她——作為一個繩縛師——自然精通「領帶除了掛在脖子上之外的其他二十五種用途」……

她打開門來歡迎我，她的眼神裡有那種搖曳的親切。

她說：「嗨。」

我說：「嗨。」

我們在客廳坐下，她為我泡了一杯茶。

「所以，重新開始……」我捧著那杯茶，洋甘菊的熱氣絲絲瀰漫，「是因為妳覺得……我在期待一個男人，而妳是女人？」

湘坐在我的身邊，雙腿相疊、倚著靠墊，看起來有些灰心。

「原先的計畫……是我會慢慢和妳坦白……」她臉上脂粉未施，帶著一種素淨的愁容，她淡淡笑了笑，告訴我：「只是……後來不知道怎麼搞的，事情就失控了。」

「我不怕失控。」我說。望著她，希望能以話語中的溫柔，沖淡她的悲傷，「妳看……現在，我們坦誠相對地一起坐在這裡——」

「是啊。」她抬起眼來，目光裡有閃爍的惆悵，「謝謝妳……沒有被我的糾結給嚇跑。」

「妳也會為我做同樣的事的。」我認真地說：「妳早就為我做過同樣的事了。在我去拜訪心理師的那一天。」

「那一天，我真的很慌……」她嘆了口氣，「擔心妳的狀況，害怕真相會造成的傷害，尤其是在我們討論了過往的親密關係之後，那種悲觀、宿命的輪迴感……讓我非常煎熬。」

她說，「九點輪盤」那一夜，其實她剛剛結束一段感情。

那是一段大部分時間都很快樂，卻在最後突然崩解的戀情。

對方是湘學生的家長，對方說湘從離婚的痛苦中拯救了她。

「她說……她從沒愛上過女人。」湘低下頭，耳旁的碎髮斜斜地遮住了臉頰，「她說她愛的是我這個人，只是我恰巧是個女性。」

這是一個性別流動的年代，性向早已不再是那麼禁忌的祕密。

「我以為她就是那個可以全然接受我的人。」湘苦澀地搖了搖頭，「她身上有一種樂觀、開放、狂野的氣質……好像她願意嘗試世界上的任何事物。」

結果，最後，那個女人無法接受的卻是另一個祕密。

「她說，她不斷被一個畫面折磨——萬一，將來有一天，她的孩子撞見我們之間的私密情事，不僅發現媽媽的情人是個女的，還看見媽媽被這個女人綁起來的樣子，那她究竟該如何自處？」

湘別過臉去，肩膀緊繃地拱起，嗓音裡有一碰就碎的顫慄。

「我的祕密似乎是一道道驅逐令。」她頹喪地說，「把所有我愛的人，從我身邊趕走。」

「我沒有走。」我有些不確定地說，「也許這對妳來說，微不足道……」

「怎麼可能微不足道？」她猛然抬起頭來，眼角泛起水霧，「這半年，每當妳對我傾訴妳的痛苦……當妳說起心理師的死，說悲慘戀愛故事，說童年，說妳的體悟、妳的迷惘、努力療癒的旅程的時候……我都在想……」她神情動搖地說，「妳像一場烈火——讓住在洞窟裡，一抹永恆的影子，心生傾慕，又自愧不如……」

「可是，那是因為……妳的回聲安慰了我。」我凝望著她，「沒有妳，我現在恐怕還是一攤灰燼，僵死在回憶的悲痛裡。」

眼淚從她臉頰落下來，她用拇指將其抹去。

「我還是欠妳一句抱歉。」她悵惘地說，但眼神中比剛才多了一些光采，「為我的隱瞞、我的迂迴，對不起。」

「我才要說對不起。」我自嘲地笑了笑，「現在回想，妳給了我很多暗示……我卻自我設限，看不明白。」

「昊文說，妳還約了他吃飯……」湘也笑了。

氣氛裡有某種緊繃的東西曼然舒張開來。

「當時，我一心以為他是妳……」我吐了吐舌，感到一股離譜的滑稽。

「Ming說，幸好妳沒約他。」湘半是好笑、半是無奈地說，「他說他寧可死，也不要被認為是那種會談半年網戀的人。」

「他很關心妳。」我溫言道。

「我知道。」湘點了點頭。

「那……」我望著她逐漸恢復神采的側臉，試探地開口：「我們現在是不是應該來討論那個問題？」

「哪個問題？」她旋過視線。

「親愛的情人，妳認為，我們接下來該怎麼辦呢？」我說。

她望進我的眼中，瞳孔裡有某些幽微的東西在滾動。

「妳還想要有『接下來』嗎？」她問我。

「我不知道。」我坦白道：「但是，我想去理解那些妳想被人理解的部分，想去擁抱那些妳想被人接受的東西。」

她有一剎那的怔愣，眉眼間劃過許多複雜、激動的情緒。

「那些東西……很美，也很尖銳。」她的聲音變得比較輕，但其中混雜著低頻的希冀。

「我願意用妳的視角去看妳。」我堅定地說，「輪到我來做妳的回聲。所以，請妳什麼都別擔心，盡情做妳自己吧！」

20 愛・慾望・自由

湘帶我去了一場派對。

那是一個由廢棄倉庫改裝而成的地方，挑高的天花板上掛著藍紫色、幽冥般的雷射燈，每個角落都擺了不同類型的器具——吊架、皮鞭、木拍、鐵籠、按摩床、麻繩……

那一夜，那裡只有女性。

湘穿著一襲黑色皮衣，碎髮在腦後挽起，手上戴了半指手套。我從沒見過她這副打扮，就連她的氣質都變得不同。平日裡，她的雙眸總是顯得優雅、沉靜，今日，卻多了幾分鋒利……讓我想起那些曾經在 Eros 身上感受過的東西——那種侵略與克制、貪歡與柔情。

我們在門口碰面的時候，她輕車熟路地彎下腰，一手拉開鐵捲門，一手摟住我的肩。

就連她身上的味道都變得不同，不再是花香，而是清苦的煙燻與焚香。

她的味道和現場的氛圍，完美地融合在一起。具主導性的、鼓勵探索的、充滿情慾的、顛覆權力的……

「如果會不自在的話，隨時跟我說。」她側過頭來，吐息的絨癢，隨著她的低語，撫過我的耳畔。

「我們應該不會用到那些吧。」我望著不遠處，唯一點著檯燈的區域——那是一張按摩床，旁邊擺著鐵架，上頭掛著一整袋拋棄式針頭。

她哈哈大笑起來，拍了拍我的背脊。

「除非妳想要，」她用令人安心的語氣對我說：「否則我們什麼都不會用。」

音響在呢喃，燈光搖曳，她的面孔一會是紫色、一會是粉色。人群中有幾個女生認出了湘，她們朝她揮了揮手，露出興高彩烈的笑容，往我們的方向奔了過來。

「老師——」她們這樣喚她，是親暱又撒嬌的語氣。

「今晚可以綁我嗎？」其中一個長髮如瀑、臉孔白淨的女生，表情期盼地問。

「我帶了朋友。」湘說，牽起了我，對那女生溫柔道：「晚點有空的話，我再跟妳說。」

「我沒關係的——」我趕緊舉起手來，對湘和那女生笑了笑：「妳們玩妳們的！」

「真的嗎？」湘望著我，彷彿想要確定我的心意。

「真的。」我說，「做妳平常會做的事情就好。」

「好。都依妳。」她露出溫柔的微笑，轉過身，朝那女生伸出掌心。

她們走向鋪著潔白大床墊、自屋頂垂下橫桿與吊環的一角，離去前，湘回過頭來，對我說：「來看我綁人吧。如果妳願意的話。」

×

隨著時間漸晚，這場派對顯得越發像一個迷離幻境。

音樂、酒精、香氛、呻吟與嚶嚀——

皮鞭抽過光裸臀部的聲音，從靠近鐵捲門的那一隅傳來。而再往右側看去，堆滿毛絨絨枕頭的角落，一群女孩子正在玩「tickling」——一種愛撫與搔癢的遊戲。

那張在稍早之前，吸引我目光的按摩床，此刻被一位臉戴面具、身穿旗袍的高瘦女性占據，她身前坐著一位褪去上衣的女孩，正在眼罩下露出狂喜而隱忍的表情——她光裸的背部上，整齊細緻地插滿了兩排針頭。而旗袍姑娘輕巧地執起絲帶，像包裝禮物一般，將絲帶纏繞在針尖與皮肉之上……

湘在不遠處的後方，跪坐在床，將那長髮如瀑的女孩層層綑綁。

她們彼此臉上都染滿了專注，那是一種屏氣凝神、心無旁鶩的熱切，湘的揮灑、那女孩的醉沉……那是我從沒有親身體驗過的，屬於另一個女人——另一群女人——的情慾現場。

那是一種如水般流動，自由、傲然的能量。

確實如湘所說，這種能量很美，也很尖銳。

這種能量帶著一種陰性的歸屬感——一種本該如此，不被異樣地凝視，盛放或燃燒都全憑自己作主的……安定美好的感覺。

當湘結束綑綁，重新在人群中找到我的時候，正好看見我將眼淚從頰上抹去。

「怎麼了？」她驚恐地湊了上來，顯得非常手忙腳亂。

「沒事——別擔心。」我吸著鼻子，反過來安撫她：「我只是……很感動。」

她聽我這麼說，瞬間鬆了口氣，伸手撫了撫我的肩。

「感動？這倒是意料之外的感想。」她笑道，口氣裡帶著三分好奇、五分驚喜。

「這感覺像一個擁抱——」我用指腹拭去最後幾滴滾落的淚水，「帶著接納的溫柔、深邃的探險……」

在搖晃的彩燈下，我看見她的目光，因為我的話語而變得深沉。

「妳想一起探險嗎？」她的手從我的肩膀，細細向上撫去——滑過我的鎖骨，再到我的下顎。我知道她的意思，我有一瞬的緊張。

「我……」我瑟縮了一下，「我不知道。我想，但我也怕……怕萬一我最後發現……自己辦不到，該怎麼辦？」

「那也沒關係。」她輕聲地說，「妳有隨時喊停的自由……」

她的唇瓣摩娑過我的臉頰，從那淚痕未乾的地方，一路細細吻到唇邊。

我從未試過與女人接吻——我並不討厭。

只是，在這其中有一種困惑——那是一種太過習慣處於客體之位，因而對主體性感到無所適從的空白。那是不確定這種若有似無的性感，究竟能不能算是慾望反應的茫然。

音響傳來的重低音，讓我身後倚著的柱子，一下一下地震動。

我試著回應她，卻在她愈發投入地碰觸間，變得有些悲傷。

最後，我舉起雙手，輕輕回拒她的行動。

她幾乎是立刻就意會過來，高速向後退開。

「不行嗎？」她看起來有些緊繃，肩膀微微縮起。

「我……我去一下洗手間。」我看見她的神情，那種悲傷變得比方才更甚。

「我陪妳去！」她說。

「沒關係。」我說，「我馬上回來。」

×

這種悲傷，究竟是什麼呢？

我是真情實意地喜歡著這個人。

我在她身上，看見了珍貴的美好、啟發人心的獨特……然而，卻也透徹地明白，我無法陪她享受……那些她想與我一起體驗的快樂。

那是一種無法為所愛之人帶來幸福的悲傷。

那種悲傷在童年的我與爸媽身上來回反射，我因得不到而悲傷，也因為無法給予而悲傷。

我在洗手間待了許久，讓心情慢慢平復下來。我發現這樣的循環，似乎愈來愈快——就像Lumis說的，在每一次浪花襲來時，及時理解，及時放下。

我用被水沖冷的指尖，揉了揉臉頰，準備回到會場，去向湘說明一切。

離開洗手間的時候，一個綁著雷鬼頭的女生叫住了我。

「喂。」她說，靠在被藍綠色燈光交替照亮的牆面上，嘴裡叼著電子菸：「妳。」

「我？」我略帶遲疑地停下腳步，回身望著她。

她直視著我，毫不含糊地問道：「妳是湘的女朋友？」

「我……」而我一時語塞，不知道該如何回答。

她嘆了口氣，放下電子菸，踏著厚重的馬汀靴，大步流星地朝我走來。

「看來她又在鬼打牆了。」她無奈地說，不由分說地拉住我的手腕，「跟我走。」

「去哪？」我被她拽著走進人群。

「去找湘。」她淡淡道。

我們在靠近香氛區的角落找到了湘，她抱著一個毛毛枕頭，面無表情地坐在那裡。

「又是一個心碎夜？」雷鬼頭女生在湘的面前蹲下來，挑眉，大咧咧地盯著她。

「Ruka？妳不是出國了……」湘見了她，露出驚訝的表情，又望了望我：「妳們怎麼——」

「剛回來。」Ruka 邁開腿，在湘的身側坐了下來，又拍拍一旁的空地，示意我坐到她身邊，「看見妳們倆在柱子那邊拉拉扯扯，一個跑掉，一個如喪考妣，實在是看不下去。」

「夢曦，這是Ruka——」湘趕緊替我介紹，卻被Ruka揮了揮手打斷。

「我是誰不重要。」她吸了一口菸，又將水蜜桃味的白霧吐出來，「重要的是，我五年前就說過的話。我沒想到，現在居然還需要再說一次。」

「我知道妳要說什麼。」湘別過臉。

「那太好了，也許看在這位新朋友的分上，這一次，妳真的能聽進去。」

「什麼話啊？」我不解地問。

Ruka看了我一眼，又將視線轉向湘。

「**讓妳的腦子先學會跟妳的心談戀愛。**」她說，「否則妳一輩子都將為情所困。」

湘沒有說話，只是垂著頭。

「就這樣，我說完了。」她拍拍大腿，站了起來，「剩下妳們慢慢聊，再見。」

她像一陣風，帶著水蜜桃味的煙霧，咻地一下就飄走了。

我看著她的背影隱沒在人群中，有些不知所措。

「我讓妳感覺到壓力了嗎？」還是湘先開了口。

「那我呢？」我嘆了口氣，坦然地望著她：「我讓妳失望了嗎？」

她縮起雙腿，將臉埋進膝蓋裡，並不回答。

21 心與腦的羅曼史

十月悄然到了月底，這城市瀰漫著一股年末與新生、歡騰與焦躁並存的空氣。

三十一日的那一天傍晚，我做了一件事。

我買了一束花，親自送去心理諮商診所，並告訴他們：我決定轉診。負責替我安排的小姐顯得有些驚訝，我認出她就是當時與我通電話、給我傳簡訊的女生，我鄭重地向她道謝，她則問我：「都好些了嗎？」

「我搞懂了很多事情。」我說，平靜地告訴她：「也不再害怕關係的終結。」

「轉診之後——」她翻動著手中的那一大本登記表，「妳的狀況，依舊是親密關係處理嗎？」

時鐘在牆面上，喀噠喀噠地走。我聽見右方傳來開門聲，轉頭正好看見一位陌生面孔的心理師，從我曾經走進的那間諮商室走了出來。

「不。」我說，笑了笑，「我想，我現在需要的……是聊聊生活方式，以及生命本身。」

「我明白了。」她飛快地在登記表上做了註記：「安排好後，我會再以電話通知您。」

「謝謝。」我說。

從心理諮商診所的大樓走出來時，我才驚覺今天是萬聖節。

尤昊文在群組上傳來訊息，說晚上十點要在湘家舉行慶祝派對。Ming和駱凡晨立刻表明會到，Lumis說自己人還在片場，結束後視情況量力而為。

我回覆尤昊文說要參加，而手機立刻振動起來，是湘的訊息。

晚點能見到妳，好高興。

我有好多話想跟妳說。

自派對那一天起，我們就沒再見過面。

那一天晚上，她說需要一個人靜一靜，於是我先回了家。

在我離開前，她問我：「我還能繼續傳訊息給妳嗎？」

我說：「當然。」

而從那時開始，我們的關係似乎就反轉過來。她開始傾訴，我開始聆聽。

她開始對我說，關於她的腦子並不接受她的心的問題。她說，她的心嚮往自由，腦子卻渴望被束縛，她的心與腦總是意見相左，所以她才始終為情所困。

「這很奇怪，不是嗎？」晚上十點，我坐在她家的沙發上，喝著熱巧克力時，她對我說：「我能夠傾聽另一個心與腦都與我迥異的人，甚至與他溝通。但我自己的心與腦，卻總是有無法調和的矛盾。」

「大家不都是這樣的嗎？」Ming 說，拋著一顆彈力球。

「這就是社會為什麼有那麼多問題的原因。」尤昊文客觀地表示。

「我唯一認識……心與腦之間彷彿沒有矛盾的人，只有 Lumis。」我沉吟道。

「立刻打電話去片場，把那小子給我叫來！」Ming 打了個哈欠，沒個正經地說。

「要打你自己打。」尤昊文睨了他一眼。

「所以，妳跟Lumis……在一起了？」駱凡晨捧著咖啡杯，興致勃勃地問我。

「我們常常在一起討論，人與人之間，到底為什麼要在一起。」我說。

「我曾經以為，是為了一種安定。」駱凡晨嘆道，她說：「後來發現，如果這種安定，自己無法給予自己，那麼所有關係……都只是一場終將透支的豪賭。」

一個禮拜前，駱凡晨決定退婚。

根據她自己的說法，她的退婚現場，是她這輩子經歷過最戲劇化、最荒唐的事情。

下午茶那天結束後，她回到家，與聶希源展開長達數週的討論。

最終——他們得出結論，聶希源願意與第三者分手，他認為自己只是婚前憂鬱，他說：說不定結婚就好了。而駱凡晨也不知是哪裡來的衝動，她說：那我們現在直接去登記。

於是，他們帶齊資料，來到戶政事務所。在走上階梯的途中，駱凡晨突然動彈不得。她說，那是她第一次，清晰地察覺自己正站在那個關鍵的十字路口——一邊是被安排好的、已經在無意識狀態下走到一半的道路；另一邊，則是一條嶄新的、屬於自主意願的道路。

聶希源回頭看她，問她：怎麼了？

而她拔下戒指，走上前，將它放進他襯衫胸前的口袋。

「你不是婚前憂鬱。」她對他說：「你跟我一樣，都只是……從來沒想清楚自己要什麼罷了。」

聽見這個故事的時候，我記得自己瞪大了眼睛，久久無法平復震驚。

我已經很久沒在駱凡晨身上，看見那樣的光采——那種充滿生命力、有所期盼、眼神也被點亮的神采。

我感到一種由衷的喜悅，我想，那是她的喜悅，傳染給了我。

午夜十二點的時候，Lumis 終於抵達湘的家。

那個時候，我正在跟湘討論，關於她打算怎麼解決心腦矛盾的事情。

「如果真能做到心腦合一，那該有多好。」她窩在我身邊，頭靠著我的肩膀，悠悠地說：「我的心，就只是坦率的……想要去愛，愛一切，愛這個世界，也愛人。但是，腦卻有那麼多的麻煩，腦卻不相信自己值得被愛……」

Lumis 放下作為宵夜的披薩，加入了我們的談話。

「那麼，就讓心做那個永不放棄的騎士吧。」他笑道，身上帶著沐浴過後的清爽。

「聽起來是一場偉大的戀愛。」我也笑了，「心的追求，腦的迴避。心的坦率，腦的慌亂……這是一段可歌可泣的羅曼史啊！」

「說不定……」湘咕噥著說，一邊看著 Ming 三步併作兩步衝向餐桌，急切地打開披薩盒，「說不定我需要的就是這個……學會跟自己談戀愛，才能好好跟別人談戀愛。」

「因為真摯與永恆的親密，本來就存在我們心中。」Lumis 說。

「只是，世界是一場風暴……」我沉吟道，「成長之路就跟情路一樣，永遠不會是筆直。」

生命是一段螺旋向上的階梯，或者，一道起起伏伏的山稜。

今天也許會比昨天低，明日也許又將迎來心碎——

可是，一旦在自己心中尋得了愛，世界就將回歸它應有的樣子——一場超越悲喜、燦爛如歌的冒險。

後記

這雖然是我出的第三本書，但是在我心中，《戀愛腦的不心動挑戰》是我（在身分認同層面上）作為作家、藝術家，真正的第一部作品。

第一本書，我把自己變成了市場的形狀，收穫了市場的成功。

第二本書，我發現自己尚未沉澱完成，尚不具備「坦誠書寫內心」的技藝。

從覺察到這份不足，再到寫下這篇後記，中間兜兜轉轉，將近三年。世界有了翻天覆地的變化，我的心靈狀態也有了翻天覆地的改變。姑且先不談世界（下一部小說再來談世界吧:D），畢竟，這是一部探討心靈的作品嘛！

我想，在寫下這篇後記時，我是發自內心感到開心。因為，我終於可以問心無愧地說出：在這本書裡，我寫的每一個字都真誠、坦率，並且帶著無悔的信念。

多好啊，在藝術裡，人們找到了誠實的自由！

我想在這裡感謝一路以來，支持、扶植、相信著我，甚至啟發了我的夥伴們。

感謝槵甄總編，感謝我的心理師（她身體康健，一切萬安），感謝海苔熊、黛拉、Howard、Anita、華森、Ariel，也感謝我的老爸跟老媽。我敢打賭，我媽讀完這本書，看到我用第一人稱視角把女主角的身世寫得這麼坎坷之後，一定會嘰嘰呱呱地驚恐道：「我們讓妳有這種感覺嗎!?」

不過，我既是小蒼，又不是小蒼。

我同時是Lumis、湘、尤昊文以及Ming，又同時不是他們。

我用回憶的碎片、愛人的形象、共情的延展，將他們憑空創造出來，看著他們長出血肉，透過書頁，對我訴說一些關於我自己、關於這個世界、關於周遭愛人的祕密——一些沒寫出來之前，都不曾察覺的祕密。

這就是書寫的魔力吧，也是潛意識的魔力！

在後記的最後，我認為應該把篇幅留給童年的自己——那是一個窩在房間，著迷地讀著兒童文學的小孩。她讀希臘神話也讀四大名著，她愛上《魔戒》，也著迷於《哈利波特》。她在閱讀的過程中，流淚、歡笑、被啟蒙、被感動。她在閱讀的過程中，看見人間的種種現象，也看見這些現象之內，某些更深層、更心靈、更崇高的東西。

這種感動，使她決定要開啟自己的書寫之路。這種感動，一路保留至今，在這篇後記裡，找到存放之地。

謝謝讀到這裡的你。

在寫這本小說的時候，我常常覺得，創作一部作品，就像籌辦一場派對。有人會在你的派對裡跳舞，有人會無聊地打哈欠，有人會打架鬧事，有人會痛哭流涕，有人會墜入情網，有人會來去匆匆……但不管如何，他們都是這場派對的賓客。

所以，謝謝你的蒞臨，這場派對自然還有很多不足之處，而我同時也期待在下一場派對裡，再遇見你。

Story 68

戀愛腦的不心動挑戰

作者　SKimmy
責任編輯　龔槵甄
校對　劉素芬
美術設計　任宥騰

總編輯　龔槵甄
董事長　趙政岷
出版者　時報文化出版企業股份有限公司
10819臺北市和平西路三段二四〇號四樓
發行專線　02-2306-6842
讀者服務專線　0800-231-705・02-2304-7103
讀者服務傳真　02-2304-6858
郵撥　19344724　時報文化出版公司
信箱　10899 臺北華江橋郵局第 99 信箱

時報悅讀網　www.readingtimes.com.tw
法律顧問　理律法律事務所　陳長文律師、李念祖律師
印刷　勁達印刷有限公司
初版一刷　二〇二四年一月十二日
初版二刷　二〇二四年二月二十日
定價　新台幣三八〇元
（缺頁或破損的書，請寄回更換）

時報文化出版公司成立於一九七五年，
並於一九九九年股票上櫃公開發行，於二〇〇八年脫離中時集團非屬旺中，
以「尊重智慧與創意的文化事業」為信念。

戀愛腦的不心動挑戰 /SKimmy 著 . 一初版 . 一臺北市：
時報文化出版企業股份有限公司 , 2024.01
面；　公分　一 (Story；68)

ISBN 978-626-374-724-1(平裝)
1 小說

863.57　　112020773

ISBN 978-626-374-724-1
Printed in Taiwan